宮廷神官物語 十一

榎田ユウリ

角川文庫
22217

宮廷神官物語

十一

宮廷神官物語 人物紹介

瑛《えい》鶏《けい》冠《かん》

複雑な過去を持つ宮廷神官。弟の想い人を救い出すも、帰途で落馬し意識を失う。

天《てん》青《せい》

やんちゃでまっすぐな田舎育ちの少年。「悪しき心を見抜く眼」を持つ。

イラスト／葛西リカコ

景《けい》曹《そう》鉄《てつ》

天青と同郷で、兄のような存在。意外な出生の秘密に翻弄される。

藍《らん》晶《しょう》王《おう》子《じ》

聡明で活動的な王子。王族ながら、革新的思考の持ち主。

赤《せき》烏《う》

藍晶王子の護衛役。寡黙な大男で、影のように付き従う。

櫻《おう》嵐《らん》

藍晶王子の異母姉。自由で快活。姫らしくあることを嫌い、男装で過ごしている。

紀《き》希《き》

櫻嵐姫付きの女官。愛らしい容姿と、臨機応変に物事に対応できる力を持つ。

考《こう》苑《えん》遊《ゆう》

鶏冠が信頼を寄せる先輩神官だったが、虞恩賢母の配下に。

乱《らん》麻《ま》

西郡出身の、機転の利く青年。藍晶王子の密命を受け情報を集めている。

風《ふう》麻《ま》

乱麻のひとつ年下の弟。体格がよく、武芸に秀でている。

虞《ぐ》恩《おん》賢《けん》母《ぼ》

王の生母。曹鉄を世継に据えようと企むが頓挫し、病に倒れる。

顎を仰け反らせて見上げる。とても手など届かない。

高く、高く、高い窓だった。

ときどき、鳥がきて歌った。

あげられる餌はない。

ひとりきりになってから、ほんの少しだけ麺麭《パン》を残しておいた。鳴き声が聞こえると、手の上に麺麭屑を置き、遠い窓に向かって腕をぎりぎりまで伸ばし、鳥を待った。ずっと待った。鳥が行ってしまうと、自分で手のひらの麺麭を舐めた。

ある日、とうとう鳥がきてくれた。

手から麺麭屑を食べた。

嘴につつかれる感触が、少し痛くて、嬉しかった。まだ幼鳥かもしれない。

頭の赤い、可愛い鳥だった。

1

陰鬱な雨が降っている。

風はない。

ゆえに湿った空気は流れない。

重く澱んで、足首に渦巻く。それはまるで見えない枷のようだ。じっとりと重く、歩みを阻み、気分を沈ませる。

それでも、苑遊《えんゆう》は回廊を急いだ。

一刻も早く確認しなければならない。報せを聞いた時は、戯言を、と片頬で嗤ってみせた。それくらい突拍子もない話だったのだ。だが銀雪斎《ぎんせっさい》に忍ばせていた密偵が戯言を口にするはずもなく、翌日には女官たちのあいだにも同じ話が噂として伝わっていた。

鶏冠《けいかん》が——瑛《えい》鶏冠が落馬して頭を打った。

命に別状はないと聞いている。だが……。

「なにをしにきた」

鶏冠が伏している房《へや》へと続く回廊で、行く手を塞いだのは曹鉄《そうてつ》だ。

銀雪斎の門は武官に金を握らせて突破できたが、この男はそうはいかない。曹鉄は仁王立ちし、険しい顔で苑遊を睨みつけている。

愚かな男。こちらの手の内にいれば、傀儡の王として丁重にまつりあげてやろうと思っていたのに、自らの脚を刺してまでそれを拒んだ。王位に就けば、美姫たちも豪奢な生活も思うままだったはず――もっとも、この男はそんなものを欲してはいなかった。それは少欲で徳が高いゆえではなく、欲しいものが別にあるだけの話だ。せいぜい、俗物な善人というところだろう。それでも今は、敬礼を捧げるとしよう。なにしろ曹鉄は、偽とはいえ、いまだ王子なのだから。

「鶏冠様のお見舞いに参上いたしました」

王族への敬礼を捧げたのち、苑遊はそう告げる。

「帰れ。おまえを通すわけにはいかぬ」

「いかな理由でそのように仰せでしょうか」

「我々の敵だからだ」

「おや。曹鉄王子のお言葉であろうと、それは聞き捨てなりませぬ」

頭は下げたまま、淡々と述べる。

けれど内心では、いくらか苛ついていた。紛い物がなにを偉そうにしている。小規模とはいえ兵など動かし、九華楽《くげらく》から鶏冠を救い、いい気になっているようだ。鶏冠の守護神にでもなったつもりなのか？　だとしたら片腹痛い。

「確かにこの考《こう》苑遊はもはや神官ではありませぬが、いまだ虞恩賢母《ぐおんけんぼ》の側近として王宮への出入りを許された身。また、鶏冠様とは長いつきあいもございます。落馬されたと聞き、特別な薬を持って馳せ参じましたのに、帰れとはあまりの仰りよう」

滔々と語り、苑遊が顔を上げると、曹鉄は苦々しくこちらを見ていた。

「おまえが鶏冠を追い詰めたのはわかっているんだ。そんな者を通せるか」

「私が追い詰めた？　いったいどのように？」

「そらぞらしい。天青《てんせい》が話してくれたぞ。鶏冠はおまえの上衣を羽織り、真っ青な顔で帰ってきて以来、ずっと様子がおかしかったと。どうせろくでもないことを吹き込んだろう」

「はて。確かに鶏冠様は紫苑宮《しおんぐう》においでになりましたが……ろくでもないことなど、話した覚えはございませぬ。それはいったい、どのような？」

「それは……」

曹鉄は視線を逸らし、言い淀む。

苑遊は心中で嘲笑した。この男は鶏冠が抱える秘密をいまだ知らないのだ。天青が話したのかと思ったが、違ったらしい。王子という身分になった曹鉄を慮って、打ち明けなかったのだろうか？　あるいは、言ったところで解決しないと悟ったか。

そう、解決しようのない問題なのだ。

鶏冠が隷民の出だという事実は、曲げようがない。

証人である弟は苑遊が取り込んでいる。もっとも鶏冠自身も、すでに隠そうと思ってはいない。どんな処罰を受けようと、事実を大神官に打ち明けると決心していた。

だがそれではこちらが困る。

鶏冠には、大神官になってもらわねばならないのだ。

そして藍晶《らんしょう》王子を罷免させ――この偽王子を玉座に据えなければ。

「曹鉄王子にお願い申し上げます」

言葉とともに、その場に平伏した。回廊の先を歩いていた上級女官が、ぎょっとしてこちらを見るのがわかる。

「どうかこの苑遊を、鶏冠様に会わせてくださいませ。ほんの短いあいだでよいのです。落馬し、頭を打ったと聞き、生きた心地がいたしません。なにとぞ、お目通りを……」

せっかく大袈裟に演じてみせたのに、それでも曹鉄は「だめだ」と繰り返す。

「鶏冠はまだ、回復が思わしくない。たとえ誰であろうと、今は会えぬ」

「ならば、せめてお顔を拝見するだけでも」

「ならぬと言ってい……」

「苑遊様？　苑遊様がおいでなのですか？」

曹鉄を遮った声に、苑遊は顔を上げる。

今のはたしかに……だが、あの声は？

大切なものをやっと見つけたかのような、嬉しげな口調。

屈託なく、毬が跳ねるかのように軽やかで——沈鬱さなど、かけらもない。

「いけません、まだ横に……鶏冠様……！」

慌てる声は、書生だろう。神官である鶏冠の身の回りの世話は女官にはできない。天青が側書生になったそうだが、今のは天青の声ではなかった。

タタッと床板を踏む音がする。

ふわりと髪を靡かせ、回廊に出てきた姿を見つけ……苑遊は軽く目を見開いた。

白いパジチョゴリに、白い素足。

結っていない髪はいくらか乱れている。額に巻かれた白い包帯が痛々しい。だが、苑遊を見つけたその表情は明るかった。手を差し伸べるようにして駆け寄り、自ら回廊に膝をついて、苑遊と視線の位置を合わせる。

「おいでくださったのですね、苑遊様」

喜びと、安堵に緩む頬。

鶏冠だ。間違いなく鶏冠だ。しかし……。

「よかった。お待ちしていたのです。私はろくに房から出ることも叶わず、しかも周りは知らぬ方ばかり。とても不安でした」

「そう……でしたか。お待たせして申しわけありません」

紫色《ししょく》神官への敬語を使うと、鶏冠は「おやめください」と擽ったそうに笑う。やはりおかしい。こんな幼い顔を見せる男ではない。

「目上の方が、そんなふうにお話しになるなんて」

「……ですが、今はあなたのほうが高い身分におられます」

「おふざけになっているのですか？　私はいまだ見習いの身、ただの神官書生にございます。師範様や、先輩書生方のお導きがなければ……」

そこまで言うと、ふいにまた表情を変えた。

「あの……苑遊様、なぜ今日は神官服をお召しではないのでしょうか……？　それに、少し……面立ちが変わられたような……」

不思議そうに苑遊を見つめ、感情を隠そうとはしない。

神官となって以来、鶏冠が無邪気な瞳で苑遊を見ることはすっかり減った。神官の心得として喜怒哀楽を慎み、物静かで淡々とした青年へと成長したのだ。

けれど、かつてはこんな時期もあった。

まだ鶏冠が少年であり、神官書生だった頃だ。もともとおとなしく、口数の少ない子ではあった。優秀であるがゆえに周囲から孤立し、頼る縁者が宮中にいるでもなく、次第に塞ぎ込むようになっていた。けれど、苑遊との距離が縮まっていくうちに、心を開いてくれるようになったのだ。

苑遊にだけは、笑みを見せてくれた。

苑遊にだけは弱音を吐き、涙も見せてくれた——あの懐かしい日々。

「……ご説明します」

苑遊は鶏冠の手を取って、立ち上がった。

「ちゃんとお話ししますから、房に戻りましょう。頭を打ったのですから、おとなしくしていなければ」

「はい」

鶏冠は微笑み、素直に頷いた。

すぐそばで曹鉄が眉を歪ませてこちらを睨んでいる。鶏冠がこうも苑遊を頼っている以上、帰れとはもう言えまい。いい気味だと嗤いたいところだが、正直苑遊にその余裕はなかった。鶏冠の薄い肩を軽く抱くようにして、回廊を進む。鶏冠を安心させるため笑みを保っていたが、内心はかなり動転していた。

密偵の報告は本当だったのだ。

鶏冠が、記憶を失ったという話は。

どうやらすべての記憶がないわけではない。曹鉄の顔がわからず、苑遊はわかるということは、何年かが抜け落ちているのではないか。いったい、鶏冠の記憶はどこまで遡ってしまったのだろう。

房に戻ると、鶏冠は苑遊に促されるままに寝床に入り、だが横たわることはなく半身を起こしていた。苑遊は書生たちを人払いしたが、房の隅にドスンと座り込んだ曹鉄は動こうとしない。

「あの……苑遊様……」

鶏冠が不安げに、ちらりと曹鉄を見る。苑遊は「大丈夫」と返した。

「怖くありませんよ。あの方はおまえを守ってくれているのです」

「そう……なのですか……」

頷いたものの、怯えは消えない。会話は聞こえているだろうに、曹鉄はピクリとも動かなかった。苑遊も次第に落ち着いてきて、今度は溜飲をさげる。そこで見ていればいいのだ。自分と鶏冠のあいだにある絆を、思い知るがいい。

「苑遊様、私はなぜ落馬などしたのでしょうか。誰も教えてくれないのです。それに、なぜこのような場所にいるのでしょう。早く書生寮に帰らなければ……」

「鶏冠。手を貸してごらん」

質問には答えず、苑遊は鶏冠の手を取る。言葉遣いも以前に戻した。そのほうが鶏冠は安心する。小さな傷のできている手のひらを開かせ「よく見て」と告げた。鶏冠は素直に己の手のひらを見つめた。

「おまえの手はこんなに大きかったか？」

「……あ……」

「それに、ほら」

鶏冠の手を取り、そのまま彼の顔に触れさせる。頰から顎、そして喉……神官書生だった頃より、ずっと骨張っている身体を確認させるためだ。鏡を見せるのが手っ取り早いが、いきなりでは衝撃が大きすぎるだろう。

「え……喉仏が、こんなに……？」

「声も変わっているでしょう？」

「は、はい……おかしいと思っていたのです。なぜこんな低く嗄れてしまっているのかと……」

「嗄れているのではない。おまえは成長したのです」

「成長……？」

苑遊はできる限り穏やかに告げた。おまえは今、齢二十三です、と。

「二十……三？　そんな……だって、私は……」

身体を強ばらせ、瞬きもせず、鶏冠は言葉を探した。鶏冠の声変わりは十四だったと苑遊は覚えている。ということは、鶏冠の中で十年ほどの時間が逆行しているのだ。目が醒めたら突然自分が十も歳を取っていたなど、信じがたいのも無理はない。

「うっ……」

鶏冠が顔を歪め、額に手をやる。顔色がよくない。

「頭が痛むのですか？　ほら、横になりなさい」

曹鉄が立ち上がりかけたが、苑遊が鶏冠を寝かせるのを見ると、無言で再び座る。なんとか冷静を装おうとしているのが、ありありと伝わってきた。

「苑遊様……もしや私は……もう神官書生ではないのでしょうか……？」

聡明な鶏冠は、戸惑いつつも自分の置かれた状況を把握しようとしているようだ。

「そう。すでに宮廷神官となっています」

「……でも、なにも覚えていません」

「とても優秀なのですよ。さっきも言いましたが、私より身分も高く、お世継の藍晶王子も頼りにされているのです」

「そんな……藍晶王子はまだ襆巾《ボッコン》を被っておられるのに……」

襆巾とは、男の子の被る帽子だ。つまり、今の鶏冠の中で、藍晶王子はまだ成人していないのである。

「鶏冠。藍晶王子はすでに十八におなりです」

「……そんな……だって……へ、変です。あり得ません。私は神官書生で……いまだ修行中の半人前で……」

声が震え、上擦った。布団から出ている鶏冠の手を、苑遊はそっと握り「大丈夫」と囁く。とても冷たいその手を、自分の両手で包む。

「私がついていますよ、鶏冠」

「苑遊様」

幼子のように、ぎゅっと握り返してくる。

「ここは……怖いのです。知らない方ばかりで……回廊に出ただけで、あそこにいる方に叱られてしまいますし……」

曹鉄は自分の身分を鶏冠に告げていないようだ。

たしかに、王子だと名乗ったところで鶏冠はますます混乱するばかりだろう。ただし、身につけているものを見れば身分が高いことはわかる。

「いったい、私になにが起きたのでしょうか……」

「今はあまり考えてはいけない。まずは傷を治し、身体を回復させることです。さあ、少し休みなさい」

「でも……私は……いったいこれからどうしたら……」

「調子がよくなったら、今後について考えましょう。私と一緒にね」

「一緒に……本当ですね、苑遊様？」

「私がおまえに嘘をついたことがあるかい？」

尋ねると、鶏冠は「いいえ」と微笑む。

そして小さな声で「苑遊様がいてくださってよかった」と呟いた。

その瞬間、心が震えた。

言葉にしがたい幸福感が苑遊の中から溢れ出し、このまま鶏冠を抱きしめてしまいたい衝動に駆られ、自分を抑えるのに苦労する。今の鶏冠は苑遊しか見ていない。苑遊だけを頼りに思っている。曹鉄になど目もくれず……天青にいたってはその存在すら知らず、ただ苑遊を求めている。

かつての、なににも代えがたい日々が戻ってきたかのようだ。

鶏冠が瞼を閉じた。手を握ったまま待つと、呼吸が安定し、眠ったのがわかる。

やつれた寝顔だった。心身共に限界に近いのだろう。

鶏冠が落馬したのは九華楽を出て、すぐの街道と聞いている。

葉寧《ようねい》の暮らしていた歓楽街で、なにを探ろうとしていたのだろうか。例の籠蝶々《かごちょうちょう》については知っているのか？　密偵は引き続き放っているが、まだ情報は届いていない。いずれにしても、無茶をしでかしたのは確実だ。この男は冷静なように見えて、根っこの部分は違う。理ではなく、情で動く。それゆえ、大事な他者のため、時に信じがたい無謀さを見せるのだ。そんな鶏冠に呆れもするが——そこまで追い詰めたのは、ほかならぬ苑遊自身である。

あらゆる想定をしていたつもりだったが、さすがにこの展開は考えていなかった。

いつまでも握っていたい指先をそっと離し、静かに立ち上がる。

曹鉄に目配せして、先に回廊へ出る。怒りと焦りの気を纏わせ、曹鉄がついてくるのがわかった。曲がり角まで来て足を止めると、苑遊はおもむろに振り返る。

「……医師はなんと？」

尋ねると、眉を寄せた曹鉄が首を横に振る。

「はっきりしたことはわからない。頭を打った衝撃で、記憶の一部が失われてしまったとしか……。稀にあることのようだが、もとに戻った者もいるし、戻らなかった者もいると。戻る場合でも、どれくらい時間がかかるか……」

「あなた様が王子だということも、告げていないのですね？」

「……まだなにも話していない。だから鶏冠は、おまえの裏切りも知らん」

強い視線とともに言われたが、苑遊は「裏切り？」と薄笑いで返した。

「私たちを裏切ったのは、あなた様ですよ曹鉄王子。たしかにいささか乱暴な方法を採りましたが……それほどまでに、賢母様は長子のあなたを玉座に据えたかったのです。藍晶王子が早々に世継ぎの座を退いてくだされば、このような事態にはならなかった」

「王にふさわしいのは、藍晶王子だ」

「王など、誰でもいいのです」

「なっ……」

絶句して気色ばんだ曹鉄に「ああ、これはとんだ失言を」と形ばかり頭を下げる。

「私が申し上げたいのは、国のために重要なのは王だけではないということです。麗虎《れいこ》国《こく》ほどの大国ともなれば、王ひとりで政をどうこうできるはずもない。その臣下、貴族たち、文官に武官、そして神官……それらを巧みに采配することが肝要。王の人徳だけで世が安寧になるなど、夢物語にも等しい」

「……藍晶王子では、臣下たちを采配できぬと言うのか」

そのとおり、あの若造は理想主義すぎるのだ——という返事を胸に収め「聡明な御方ですが、まだお若い」とだけ答える。

「では誰ならばできると？」

曹鉄の問いに、ただ微笑してみせた。

答えるまでもない。自分であれば、それは可能だ。

苑遊はこの国の生まれではない。親類縁者すらいない。ゆえになんのしがらみもなく、麗虎国を客観的に判じられるのだ。情に流されず、大局を見据え、影の立場に徹し、理性的な判断を下せる。信頼できる者とそうでない者を見分け、信頼できる者には遠い地を任せよう。信頼できぬ者ほど側に置き、巧みに使わねばならない。さほど難しいことではない。人間のほとんどは私利私欲にまみれているのだから、それを利用するだけだ。狡猾な悪人でも、有能ならば使う。

国を動かすのは、きれいごとではない。時に冷酷な決断も必要だろうが、苑遊ならば臆せずできる。どれほどの善人だろうと、時には人柱となってもらおう。悪人ならば見せしめの処刑で血に染めればよい。身分の貴賤を問わず、使える者は使う。そして廃すべきは、廃す。王の参謀として、この身ほど適している者はいないではないか。多少の苦労は伴うだろうが、ちょうどよい暇つぶしだ。

苑遊の薄笑いを見て「自分ならばふさわしいという顔だな」と曹鉄が吐き捨てた。今更隠すつもりもなかったので、否定はしない。

「結局、おまえも権力の亡者ということか」

「権力になど興味はございません」

「俺を愚王に仕立て上げ、その背後で好き勝手したいのだろうが！」

ずいぶんはっきりと言う。

今日の曹鉄は機嫌が悪い。それはそうだろう。大事な盟友が記憶をなくし、自分のことなどこれっぽっちも覚えていないのだから。

「……鶏冠様の話をいたしましょう、王子」

不毛な会話を続けても意味はない。

「大神官選定も近うございます。有力候補の記憶がないというのは、ゆゆしき事態」

「だが、無理に思い出させれば、さっきのように頭痛を引き起こす」

「賢母様が懇意にしている淘国《とうこく》出身の医師がいます。とくに鍼の技術は秀でていますので、こちらに向かわせましょう」

その提案に、曹鉄が「せっかくだが」と言いかけ、だが苑遊は強引に言葉を続けた。

「あなた様が私を信用なさっていないのはよく承知しております。ですがその医師が名医である事実は、藍晶王子もよくご存じです。とにかく差し向けますので、治療させるかどうか、よくご相談されればよろしいかと」

記憶が戻ってくれなければ、苑遊も困るのだ。

鶏冠に大神官になってもらわねば、この先の策が………。

いや、けれど。

一瞬、苑遊の脳裏にひとつの光景が浮かぶ。

どこともしれぬ、田舎の村落。

長閑に青い空。小振りな田畑。流れる小川。

苑遊は小さな屋敷に住んでいる。きらびやかな暮らしとは程遠いが、食べていくには困らない。狭い庭に果樹を育てている。秋にはいくらかの収穫があり、たとえば柿を……ふたりで捥ぐ。

鶏冠と、ふたりで。

きらきらと光る実を手にして、鶏冠が苑遊を見る。美味しそうですねと、微笑む。

そんな未来も、あるのではないか。

記憶の戻らぬままの鶏冠と——誰にも見つからぬように、この世界の片隅で生きていく。なんの不足があろうか？　苑遊が本当に欲しかったものは、すべてそこにある。

ああ、目に浮かぶようだ。

夕暮れにほの赤く染まる庭で、苑遊を見て笑っている鶏冠の姿が。

「記憶が戻ってくれなければ困る」

曹鉄の声に、はたと我に返った。

「鶏冠の記憶が戻れば……おまえにあんな顔を見せることもなくなるだろう」

悔しげな声を嗤ってやろうかとも思ったが、やめておいた。苑遊は静かに頭を下げ「鶏冠様のご快癒をお祈りいたします」と告げて、その場を辞した。

雨がやむ様子はない。梅雨明けはまだ先だろう。

美しい夕暮れなどどこにもない。すべては幻……いや、愚かな妄想だったのだ。

苑遊はその整った顔から表情を消し、歩みを速めたのだった。

2

「くっ……」

急斜面にしがみついたまま天青は呻いた。

斜面というより、ほとんど絶壁である。そこに石竜子《とかげ》のようにへばりつき、天青は右足先だけを動かしていた。足裏の置き場が定まらない。しっかりと踏んばれる場所を探さなければならないのに、適当なでっぱりがないのだ。目視したいところだが、下を見られる体勢ではない。

グオゥ、と頭上からハクの声がする。

早く上がってこいと呼んでいるのか、あるいは心配しているのか。さすがは神獣という身軽さで、ハクは一足先に斜面を登り終えていた。

「ま……待っててな、ハク。オレももうちょっとで行くからさ。よい、せ……っ」

やっと足がかりを見つけ、天青はグンと身体を持ちあげた。

あともう少しで登りきる。でもちょっとだけ休憩……ぜいぜいと喘ぎ、天青は岩壁を突き破っている枝を右手で掴んだ。僅かに下を見ると、すでに地面は遥かに遠い。

大きくひとつ、呼吸した。こめかみに汗がたらりと流れるのがわかる。

まったく、脚折山《あしおりやま》とはよく名づけたものだ。

山育ちで健脚自慢の天青ですら、山中に入って半日で閉口した。道などほとんどない。土よりも岩が多く、少し先まで進むだけでも、いちいち大きな岩に阻まれる。馬で進むのは不可能と知っていたので、麓の村に預かってもらっていた。

「……ほんとに、こんなところに鵬与旬《ほうよじゅん》がいるのかなあ……」

もと宦官の与旬は、かなりの高齢になっているはずである。

たしかに世の中には柘榴婆《ざくろばあ》のように、仙人とも妖怪ともつかぬほど、桁外れに元気な老人もいるわけだが……普通に考えて、ここは年老いた者が住める山ではない。見たところ、果実のつく樹木も少ないし、ということは果実を餌にする小動物も少なくて、さらにそれらを捕食する獣もいないということだ。自分で畑を拓くには土が悪いし、かといってちょくちょく里へ下りられるとも思えない。毎回命がけになってしまう。

「もし……いなかったら……オレはどうすれば……」

弱気な考えが頭を擡《もた》げる。鵬与旬は最後の綱だ。鶏冠を助けるためには、どうしても与旬に会い、曹鉄が王子ではないという証拠を得ることが必要だった。

「グルルル」

またハクに呼ばれる。ここで弱音を吐いてどうする、さっさと上がってこいと言われた気がして、天青は笑った。ここまで来たら、とにかく進むのだ。

指が軋むほど力を入れ、岩を摑む。

「よい、せっ……」

再び斜面をよじ登る。

やっとハクの顔が見えた。最後は天青の襟首をしっかり咥え、ぐいと引き上げてくれる。実に頼りになる神獣だ。

登りきり、一度バタリと倒れた。ハクに額をべろりと舐められる。

「ハハ。しょっぱいだろ？」

息を整え、身を起こした。

拓けた視界は、今までより草木が多くなっていた。耳を澄ませて水の音を探したが、聞こえない。小川があれば、水の補給ができるのにと残念だった。腰に下げた竹筒と、携帯用の木椀を手にする。竹筒に入っている水を椀に入れ、一気に飲み干した。それからもう一度椀を満たし、今度はハクの前に置く。ハクが頭を下げてピチャピチャと水を飲む。残りはあと半日ぶんくらいだろうか。

疲労と空腹が天青の身体にのし掛かっている。手も足も、擦り傷と痣だらけだ。なにか口に入れたいところだが、干した芋も乾燥棗も尽きかけている。大事に食べる必要があった。もう少しだけ休んだら先に進もう……そう思いながら、天青はハクの毛皮を撫でる。

「あれって……道、かな……」

あたりを見回していると、岩や灌木が除けられ、人ひとりがなんとか通れるようになっている部分がある。獣道ではなく、意図的に造られたものだ。ということは、誰かがこの先に住んでいる可能性が高い。

その誰かとは、鵬与旬なのではないか。

「よし、ここを辿っていくぞ！」

天青は意気込んで立ち上がった。手早く身支度を調え、旅草鞋の紐をしっかり結び直し、ごく狭く、下草の茂る道へと入る。

いくらも進まないうちに、すぐ後ろにいるハクが唸った。

「ん？　どうした？」

天青は足を止める。周囲を見回したが、異変は感じられない。だがハクは低く唸り続け、警告を発している。普段の天青ならば、しばらくその場に留まり、あるいは後退して身を隠し、様子を窺っただろう。

だが、この時天青は焦っていた。

道が見つかり、目的の鵬与旬まであと少し……そう思うと心が逸る。ハクを信じなかったわけではないのだ。ただあまりに『早く鶏冠を助けたい』という気持ちが強く、慎重さを失ってしまっていた。

「大丈夫だよ、なにもない。行こう？」

再び歩き出した天青に、ハクが「グオッ！」とまた声を立てた。

緊迫したその様子に、天青は歩みを止めないまま苦笑して振り返った。

「どうしたんだよハク。ほら、急がないと日が暮れ……」

言葉が止まる。

ズキッ、と鋭い痛みを感じた。足首だ。

天青の身体は緊張で固まる。知っている痛みだったからだ。まだ七、八歳の頃、藪の中を歩いていたらやはりこんなふうに突然痛みを感じ、驚いて足元を見ると……。

ずるりと匍匐《ほふく》する縞模様が目に入った。

それはすぐ草むらに消えていった。だがあれは……あの模様は……。

「う……」

天青はその場に尻餅をつく。

足首が燃えるように痛み、すぐに痺れに変わる。震える手で小刀を取り出し、ふたつの穴が開いた傷を、より大きく開く。周囲を押して、血を流した。血と一緒に、毒を流し出すためだ。あの縞模様は強い毒を持つ蛇だ。そのままにしておけば、全身を痺れさせ、動けなくなり、やがて呼吸すらできなくなってしまう。

「……ちく、しょ……」

血がだらだらと流れる。

本当は、傷口に口をつけて毒を吸い出すのがいい。だが自分の足首に口が届くはずもなかった。解毒剤は持ってきていただろうか？　櫻嵐《おうらん》がいろいろ持たせてくれた中に、入っていたような気もする。確かめなければと思うのに、視界がくらくらしてくる。もう周囲がよく見えない。

ハクの声が聞こえる。天青の袖を咥え、揺すぶっている。

しっかりしろ、気を失っちゃだめだ……そう言わんばかりに、ゆさゆさと。

けれど、もう、だめだった。

ごめん、鶏冠、ごめん……ここまで来たのに……もう少しだと思ったのに……オレ、結局役に立たなかった……。

遠のく意識の中で謝りながら、天青はひときわ高い、ハクの咆吼を聞いた。


ひどく苦しい眠りの中で、天青は何度も水を求めた。

それが現実なのか夢なのかよくわからない。とにかく、苦しくて、喉が渇いて、身体が痛くて熱くて……何度か冷たい水が与えられたが、口も喉もうまく動かず、なかなか飲み込むことができない。知らない声が「ゆっくりじゃ」と聞こえて、一瞬柘榴婆かなと思う。おかしいな、いつのまに白虎峰《びゃっこほう》に戻ったんだろう……。

だが思考を継続させるだけの気力はなかった。ようやくいくらかの水が喉を通り、また意識が沈んでいく。そんなことが何度か繰り返された。

どれくらいの時間が経ったのか。

ふいに、天青は足の痛みを感じた。

今までもずっと苦しかったが、身体の特定の部分が痛む感覚はなかったのだ。全身が麻痺状態になっていて、感じようがなかったのだろう。足首に熱い痛みをはっきり感じた時、意識の霞も晴れ始めた。

「儂《わし》が見えるかね」

見下ろしてくる顔に頷く。

ぼんやりと老人の顔が見える。天青が小さく頷くと「白虎よ、よかったのう」と、老人が隣にいる白い塊に話しかけた。ハクなのだろう。フンフンと鼻面を寄せてきた。鼻息がくすぐったくて、天青は（ああ、オレ生きてるんだ……）と思った。

「薬湯は飲めそうかの？」

「……はい……」

ずいぶん掠れた声が出た。

老人は天青が身を起こすのに手を貸してくれる。少し動いただけなのに、頭がクラクラした。ぐらつく天青の背中側に、のしのしとハクが回る。柔らかくて温かい、大きな布団のようなハクに寄りかかり、天青は渡された薬湯をゆっくり飲んだ。

少し甘く、だいぶ苦い味が全身に染み渡るようだ。

「突然白虎が現れて、儂がどれほどたまげたことか。これほど立派な白虎など見たこともなく、しかも意識のないそなたを背に乗せている。荷の中に毒消しの薬丸があったのは幸いじゃった」

「あの……オレが倒れてたのはどれくらいですか」

「丸二日じゃ。普通ならもっとかかるところじゃが、どうやらそなたはひときわ頑丈らしい。……いや、白虎を連れているくらいならば、神の加護があったのかも知れぬな」

丸二日……天青は焦った。早くしなければ、大神官選定までに王宮に戻れなくなってしまう。こんなところで寝込んでいる場合ではない。

「あ、あなたは鵬与旬様ですよね」

天青の問いに、白くてふさふさした眉が寄せられた。

「……いかにも」

「も、もと宦官だった鵬与旬様……」

「ああ、そうじゃ。今はこうして世捨て人よ。そなたはさしずめ、王宮からの使いなのであろう？　儂に……いや、宦官日誌に用があるのじゃろうな」

与旬にも予測はついていたらしい。この山奥までやってくるような酔狂は、それくらいしか思い当たらないということか。いずれにせよ、説明の手間が省けて助かる。

「そ、そうです。今王宮は混乱に陥っています。どうしても宦官日誌が必要なんです」

「世継ぎは藍晶王子に落ち着いたと聞いたが」

「それはそうなんですけど、ほかにもいろいろあって！　とにかく、宦官日誌を……ううっ……」

意気込んで身体を動かすと、たちまち目眩と吐き気に襲われる。ぽすん、と再びハクに寄りかかり、天青はそれでも「宦官日誌……」と繰り返した。ハクは心配気にスンスンと鼻を鳴らしている。

与旬は目を伏せ、溜息を零し「残念じゃが」と答えた。

「宦官日誌はもうない」

「……ま、さか……苑遊に……」

狼狽する天青を見て「考苑遊殿か」と与旬は呟いた。

「あの御方が宦官日誌をよこせと詰め寄ってきた時には、儂もまだこんな山奥に引っ込んではいなかった……あれは怖いお人よの」

「苑遊に、渡しちゃったんですか……？」

「そうではない。この鵬与旬、腐ってももと宦官。麗虎国を愛する気持ちは人一倍と自負しておる。宦官日誌はただの記録書ではない……麗虎国の真の歴史を語るものじゃ。それは時に残虐であり、悲劇であり……だからこそ、表には出さず、封印されたのち、匿書文庫の奥深くに保管されていた。表には決して出ない後宮の歴史じゃが、存在そのものに意味がある。どれほど脅されようと、易々と他人に渡せるものか」

老いてはいるが、芯のしっかりした声だった。鵬与旬は私欲なく国に献身し、王の信頼も厚かったと聞いているが、それはこの人間性ゆえなのだろう。

「しかし、苑遊殿を無視すれば、儂の縁者にまで累が及ぶ。宦官ゆえ妻はいないが、養子や孫がいてな……それはどうしても避けたかった。ゆえに儂は譲歩案を出したのじゃ。宦官日誌は渡せぬが、儂がこの手で処分すると」

「しょ……処分……？」

「苑遊殿の目の前で、焼いた。……燃やしてしまった」

天青は言葉を失った。

宦官日誌はない。曹鉄が王子ではないという証拠は……燃えてしまった。

「過去の事実を記すことは必要じゃ。だがそれが争いの火種となるのであれば、いっそないほうがよい。現世《いま》を生きる者が、過去に振り回されるのは愚かで、あまりに悲しいではないか」

では、無駄だったのか。

せっかくここまで来たのに、すべて無駄だったのか。

鶏冠を救うことは——もうできないのか。

絶望の一歩手前で、天青は奥歯を噛みしめた。なんだろう。違和感がある。鵬与旬の話に納得できない。

宦官日誌の重要性をあれほど説いておきながら、自分で燃やした？

たしかにそうでもしなければ、苑遊は引き下がらなかっただろう。それはわかる。けれど、やっぱりひっかかる。天青の中に棲むなにかが……『それは真実か？』と囁いている。

利那、天青の左目が燃えた。

「うっ……」

思わず呻き、顔を手のひらで覆う。

「どうしたのじゃ？　どこか痛むか？」

「く……ううっ……」

焔のような熱さを感じながら、疑いはより膨らむ。慧眼《けいがん》が真偽を確かめようとしているのだ。けれど、病み上がりの身体がうまく対応できない。頭がひどく痛み、左目の熱さは凄絶な痛みを伴う。呼吸を詰めてしまうほどの激痛だ。

天青は左目を手で覆い、身体は前のめりになった。

痛い。苦しい。

吐きそうだ、と思ったそばから吐き戻す。だがなにも食べていないので、少しの水と胃液が出ただけだった。喉がひりつく。痛みは引かない。もう気を失ってしまいたい。そしたら楽になれるのに。

でも——でも、確かめなければ。

慧眼で、与旬を見なければ。

鶏冠のために。曹鉄のために。……いいや、自分のために。

己の為すべきことを為し、決して後悔しないために。

だから、顔を、上げろ。

「な……そなた、光って……」

驚く与旬の声がする。

やっと顔を上げた天青は、ゆっくりと覆っていた手を外す。ハクが吠え、与旬は驚愕に目を見開き、どしんと尻餅をついた。

「そ、そ……そなた……まさか」

『いかにも我は慧眼児《えげんじ》なり』

ああ、『青き石』だ。痛みを振り切って、慧眼が覚醒した。

この間、天青自身の意識がなくなるわけではない。以前は朦朧としていたが、最近はだいぶ自分の意識を保てている。天青と『青き石』の融合が進んでいるのだろう。そのぶん、体感も維持できるようになっていて……つまり、痛みやしんどさも消えてはいないのだ。そのせいでぐらりと斜めに倒れそうになったが、なんとか堪えた。

『今一度鵬与旬に問う。宦官日誌を燃やしたというのは真実か』

「そ、それは……」

『揺れているぞ。そなたの持つ色が不安定に揺れている』

声が擦れたが、それで慧眼児の威厳が崩れることはなかった。

『わかっておろう？　我には見える。我に嘘は通じぬ。そなたの纏う色に、後ろめたい鈍色がかかっておる』

再び、ハクが吠える。

あばら屋の骨組みがびりびり震える咆吼に、鵬与旬はがばりと頭を下げた。

「お、お許しを……！」

『勘違いするな。我はそなたを裁きに来たわけではない。ただ、真実が知りたいのだ。そなたほど宦官日誌の重要さを知る者はおるまい。確かに過去は過去。そして人は過去の流れを歴史と呼び、そこから学ぼうとする。だが歴史には表があり、裏もある……王たる者は、両方を知っていなければならない。それこそが、宦官日誌の存在してきた意味なのだ……そうであろう？』

「い、いかにもさようでございます……っ」

『ならば』

天青は……慧眼児は立ち上がった。ふらつきそうになり、足を踏みしめる。慧眼児でいるあいだは自分の身体を制御できなかった頃が、いっそ懐かしい。

平伏する与旬を見下ろし『そなたには燃やせせぬ』と告げる。

『人は死ぬ。いつかみな死ぬ。王も奴隷も同じこと……書物だけが死なぬ。そこに人は真を残すことができる。そうやって綴られた宦官日誌を……燃やせるはずがないのだ。だが一族も守らねばならぬ。どちらも捨てられない。懊悩したそなたは、策を講じた。

苑遊の前では偽物に火をつけたのであろう』

与旬が顔を上げた。眉が歪み「慧眼児様……っ」と声を上擦らせる。

「すべて、仰せのとおりにございます……私は……私は、決断できませんでした。宦官日誌も家族も守らねばならぬもの。悩み抜いて、仰るように愚劣な策を講じ、それが誰にも露見しないように……この山奥に引っ込んだのでございます……！」

愚かな私をお許しください、と頭を床に擦りつける。慧眼児はその姿を眺め『愚かは人の常よ』と告げた。

『愚か者を許さぬというなら、この地に人はひとりも立てぬわ。……顔を上げよ与旬。そなたが自分の愚行を悔いているのなら……』

言葉が止まる。

止まってしまったのだ。鼻の下を生暖かいものが流れていった。それがポツポツと床に落ち、赤い花を咲かせるのを慧眼児は……いや、天青はぼんやり見つめていた。

なにしてる。

喋らなくては。

これからが大事なのに。『青き石』に、与旬を説得してもらわなければ。宦官日誌を出すようにと、命じてもらわなくては——。

「慧眼児様……？」

与旬も怪訝そうな声を出す。

膝の力が抜ける。もう立っていられない。

がくりと座り込み、天青は自分の左目に触れた。熱くない。光も出ていない。『青き石』は天青の奥に引っ込んでしまったのだ。これ以上慧眼の力を使えば、天青の身体が持たぬと判断したのだろうか。

事実、天青は起き上がっているのも難しい状況だった。

熱がまた上がったのか、凍えるような寒気を感じる。布団に倒れ込んでしまいたいのを必死に堪え、敷布を摑んで「与旬様」と呼んだ。鼻血が敷布を汚し、申しわけなく思ったが、今は先に言わなければならないことがあった。

慧眼児ではなく、天青自身の声で。

「どうされました、慧眼児様。しっかりしてくだされ」

与旬が鼻の下に、手巾を当ててくれた。けれど天青はそれを外してしまう。うまく喋れないのがいやだったのだ。

「オレは……慧眼児だけど……半人前なんです。まだひとりじゃなんにもできないんです……だから、鶏冠や曹鉄や……藍晶王子が助けてくれて……」

与旬に支えられ、天青はかろうじて半身を起こしている。反対側ではハクが心配げに覗き込んでいた。

「慧眼があっても……人の心が見えても……そんなの、たいしたことじゃないんだ……だって人は、善いことも悪いことも考える。誰だってそう……オレだって……」

「なんてことだ、また熱が……さあ、横になるのじゃ。すぐに薬を煎じよう」

「ま、待って、与旬様」

ぜいぜいと喘ぎながら、天青は与旬の袖にしがみつく。

「お願いだ、宦官日誌を渡してください。あるんでしょう？　本当はあるんですよね？

……曹鉄が王子ではないという証が必要なんです。そうしないと、鶏冠が大神官になっちゃ……げほっ……げほげほっ……！」

激しく咳き込み、身体が揺れ、血が散る。

喉が痛い。胸と背中も痛くて、身体が破れてしまいそうだ。

「宦官日誌と大神官……？　いったい、なんの関係が……」

「関係、あるんです。どうしても、宦官日誌が必要なんです……！」

与旬の瞳に困惑が浮かぶ。光り輝く慧眼児の命令であったならば、諾と答えてくれたはずだ。けれどもう天青に『青き石』を呼び出す力はない。

「オレは……ただの、神官書生です」

たまたま、慧眼を授かっただけだ。なにも特別なんかじゃない。ほかの多くの少年たちと、同じだ。いいや、最初はそれ以下だった。

「寒村育ちで、無学で、世間知らずで……今だって、難しいことはなにもわからない。本当のことを言えば、なにが正しくて、なにが間違っているのかだってわからない。国のことなんて、大きすぎてわからない……！」

偽りのない言葉だった。

「でも、だけど……そんなオレでも、どうしても守りたいものがあるんです……っ」

ぼろりと涙が零れた。拭う気力もなく、ぽろぽろと落ちるに任せる。

「守りたいものとは、なんじゃね？」

見かねた与旬が、手巾で天青の顔を拭い、それから再び鼻の下に当てた。出血はまだ止まらない。

「今までずっと、オレを守ってくれた人です。大切な師です」

くぐもった声で、天青は言う。

「その者のために、そなたは傷だらけになりながら、脚折山を登ったのだな？」

「はい……ごめんなさい……」

「なぜ謝るのじゃ」

「だって……麗虎国のためじゃない……オレ、一応慧眼児なのに……」

すると与旬が「はは」と初めて笑みを見せた。

「不思議な子じゃのう。堂々たる慧眼児かと思えば、泣きべそをかく」

「だから……半人前で……」

「そなたがそこまで慕う師というのは、どんな人物なのじゃ？」

「厳しい人です」

「ほう。厳しいか」

「師範神官だから……オレたち書生にも厳しいし……でも、自分にはもっと厳しいんです。誰にも頼らないで、ぜんぶひとりで抱え込んじゃうとこがあって……だからオレ、心配で……」

なのに、無力で。

役に立ちたいのに。助けたいのに。

その人が自分にそうしてくれたことを、返したいだけなのに。

そう訴えると、そうか、と与旬がまた微笑む。

「わかったから、横になりなさい。宦官日誌については、朝まで考えさせておくれ。どのみち、そなたの熱が下がらなければ山を下りることもままならぬ」

「宦官日誌を託してくれるなら、死んでも宮中に戻ってみせます」

「死んだら戻れんよ。今は眠りなさい」

「……あるんですよね……？　宦官日誌……」

「眠りなさい」

今一度言われ、天青は瞼を閉じた。もとより限界を超えていて、ほとんど気絶だった。健康な時でも慧眼を使えば疲労は激しい。蛇の毒が抜けきっていない身体ではひとたまりもなかった。

意識を失う寸前「なんとも一途な慧眼児じゃ。のう、神獣よ」という声が聞こえた気もしたが、定かではなかった。

世の中には、皮肉なことがあるものだ。

自分を捨てた人間が、自分の大切な女を救い出すなんて——考えてもみなかった。

大きな屋敷の前に立ち、葉寧は唇を強く引き結ぶ。立派な欅に見下ろされながら、この門をくぐるべきかどうか、いまだ思案していた。

本当なのだろうか。ここに花梨《かりん》がいるというのは。

花梨は、葉寧にとって生きる希望だった。

大袈裟だと笑う者もいるだろう。たかが女に惚れただけ、と。他人にわかってもらう必要などない。人が生きる理由など、それぞれだ。なんでもいいのだ。決して楽ではないこの世で、息が止まるまで息をし続けるためには、なにかしら理由がいる。葉寧にとって、それが花梨なのだ。花梨に出会えたことで、葉寧は初めて、生まれてきてよかったと思えた。花梨に触れるために、自分には手があるのだと知った。

それほど大切な女が、拐かしも同然で連れ去られた。

桂季盛《けいきせい》……よりによって、あの正気を失った男に。

奴の屋敷から花梨を逃がすのは容易ではない。いくら葉寧の腕が立とうと、ひとりでは手も足も出ないのはわかりきっていた。金を使って荒くれ者たちを雇い、さらに金を使って屋敷の人間を買収する必要がある。充分な支度を調え、知恵を絞って策を立てれば、きっと助け出せる……そう考え、焦る気持ちを必死に抑え込んでいた。

とにかく、金の工面だ。手段を選んでいる余裕などない。再び悪党の仲間に入ろうと覚悟を決めた頃、考苑遊が現れたのだ。

――なに、簡単な仕事ですよ。

見たこともないほどに美しい男だったが、まったく腹が読めない。いつも浮かべる薄笑いが、どこか不気味だった。悪漢を山ほど見てきた葉寧は、この手が一番厄介だと知っていた。

――謝礼は弾みます。金が必要なのでしょう？　今後の身の振り方についても、私が相談に乗りましょう。決して悪いようにはしません。女を助けだしたところで、その後に行くあてがなければ困るはず。

親切めかしてはいるが、世の中に、そううまい話があるものか。苑遊を睨みつけたまま、ろくに返事もしなかった葉寧に「ただし」と続ける。

――簡単ですが、楽しい仕事ではないかもしれませんね。

――どういう意味だ。はっきり言え。

――恨みのある人物に、会っていただく仕事だからです。あなたを捨てた人にね。

兄が、生きているという。

神官となって、王宮でのうのうと暮らしているという。

幼い頃に葉寧を捨てた兄が。先に里子に出され、迎えに来てくれると約束したくせに、結局来てくれなかった……あの兄が。

子供の頃の記憶は曖昧だ。

だが恨みだけは鮮烈に残っている。いや、あれは絶望だったか？　どっちにしろその絶望が恨みを生んだのだから、大差はなかろう。

葉寧は左目を失った時、かなりの高熱を発した。数日間熱が下がらず、かろうじて意識が戻ったあとも、しばらく言葉を発することも難しかった。それ以来、幼い頃のことが思い出せない。一緒に暮らしていた家族ですら、ぼやけた像が浮かぶ程度だ。

だが、兄のことは覚えていた。

必ず迎えに来るという約束も覚えていた。それを信じ続けたことも覚えていた。けれどどうやって信じていたのかは、高熱が忘れさせてしまったらしい。代わりに、どれだけ自分が甘くて愚かで、惨めだったかを思い知った。

もうなにも信じまい。

信じるから傷つく。期待するから裏切られる。望まなければ落胆することもない。苦く乾いた砂だけを食べている限り、果実の甘さを知らずにすむのだ。

奴隷として酷使され、殴られ、蔑まれるだけの日々。

生きていても、楽しいことはひとつもなかった。

思考すら奪う過酷な日々の中で、ふいにこのままでは死が待つだけだと気づいた。主から逃げ出し、盗賊団に加わった。悪党たちのほうが、よほど葉寧を人並みに扱い、まともに食わせてくれた。成長し、腕力がつき、殴られることはほとんどなくなり、自分が暴力をふるう側になった。いつ死んでも構わないと思っていたから怖いものなどなく、いつのまにか仲間内での評判は上がっていた。

奪った金品で肉を食い、酒を飲み、女を侍らせた。だが虚しさはいつもつきまとう。自分など、この世に必要のない人間なのに、どうして今日も生きているのか。息をしているのか。それが不思議でならなかった。そのうちに盗賊団の仲間割れに巻き込まれ、何人かを半殺しにして離脱し、九華楽に流れ着いた。

なにもかも面倒になって、浴びるほどに飲んだ夜……花梨に出会った。

道の真ん中で潰れていた葉寧に躓き、花梨が転んだのだ。

月のない夜だったので、顔は見えなかった。だが化粧の香りで籠蝶々なのはわかった。いっそこのまま組み敷いてやろうか……そんなことすら考えた葉寧に、花梨はこう言ったのだ。

——どうしたの。なぜ泣いているの。

言われて、初めて気がついた。

自分の頬が濡れていることに。

なにかいやな夢でも見ていたのだろうか。慌てて頬を拭おうとしたのだが、それより早く花梨の手が触れてきた。細い指先が探るように動き、葉寧の陥没した眼窩《がんか》に触れた。

——目がないわ。

——ああ。片方な。

——そう。私はふたつあるの。でも見えないの。

そんなふうに言って、ふふっ、と笑ったのだ。童女のような声で。

——あのね、小蝶々《こちょうちょう》とはぐれてしまったの。籠まで連れていってくれる？

花梨はそう頼み、葉寧は「しかたねえな」とよろよろ立ち上がった。あとから考えれば、あれは実のところ、花梨が葉寧を助けたのだ。確かに、おつきの小蝶々とはぐれたのは本当だったが、花梨は九華楽の道を知り尽くしている。杖があればひとりで歩けるのだ。

——お兄さん、ここの人じゃないのね。

——なぜわかる。

——言葉が少し違うもの。北の方からでしょう。ねえ、北はどんなにおい？

——はあ？　においだと？　へんなことを聞く女だな。

夜道をふたりで歩きながら、話をした。葉寧は口が重い質だったが、まだ酒が残っていたし、花梨とはなぜか喋りやすかったのだ。誰もが怖がる傷だらけの顔が、花梨には見えない……そう思うと、気楽だったのかもしれない。

──だって私は見えないもの。どんなにおいの花が咲くの？　どんなにおいの食べ物があるの？　雪はたくさん降るのかしら。雪のにおいはどんな？

雪ににおいなんかねえよ……そう答えようとして、やめた。

雪にもにおいがあると気がついたからだ。貧しい村の、貧しい地主の、貧しい農場。薬寧にとって身近だったのは、家畜のにおい、そして病で死んでいく隷民のにおいだ。夏に死ぬ奴の腐臭は凄絶だったが、冬はましだった。そして、雪の頃ならにおいはほとんどなくなった。

雪は腐臭を覆ってくれる。

雪ににおいがあるとしたら、それはきっといやなものすべてを隠すにおいなのではないか。そんなふうに思ったけど、口にはしなかった。

──音はどんな？

薬寧が答えなくても、花梨は質問を重ねた。

──川はある？　サラサラと流れるの？　それともドゥドゥという？　鳥はたくさんいた？　私が伽耶琴《カヤグム》を弾いているとね、一緒に歌ってくれる鳥がいるのよ。ルールゥ、ルゥーと歌うの。

そんなふうに、他愛もないことを喋った。

耳から喉に流れ、胸に届くような声で。

そして籠に着くと、籠の番頭を呼んで、

——用心棒を探していたでしょう?

と言い、葉寧は雇われたというわけだ。葉寧の腕に摑まって歩いていた花梨は、その筋肉から腕っ節の強さを感じ取ったのだと、あとになって聞いた。

籠蝶々だというのに、花梨は擦れたところがなかった。悲愴感もなければ、凄みもない。ただあたりまえにそこに咲く野花のように、自然な女だった。

葉寧は理解できなかった。

花梨の人生が幸福なはずがない。目が見えない上、見ず知らずの男に身体を明け渡すつらい生業だ。どちらかひとつだけでも過酷な生ではないか。なのにどうして笑える? どうして穏やかな表情でいられる?

気がつくと、いつも花梨のことを考えていた。籠ではいつも、その姿を探していた。見つけると、触れたくなった。焚きしめた香の下の、花梨自身の匂いを恋しく思うようになった。

ある日、花梨のために簪《かんざし》を作った。

大籠の蝶々である花梨は簪などいくらでも持っていた。贔屓客が、美しく高価な玉のついた簪を、いくつも贈っているのも知っていた。当然、葉寧にはそんな金はなかったので、自分で木を削って作った。葉寧は器用なほうだが、花梨が好きな椿《トンベク》を削り出すのは大変だった。何度も失敗し、何度も作り直し、見えない花梨が怪我をしないように、ささくれひとつなく、滑らかに仕上げた。

拾ったもんだ、と嘘をついてそれを渡した。

花梨は簪に触れ、指で形を辿り、やがて泣きだした。初めて見た、彼女の涙だった。なぜなのだろう。

人は誰かを愛すると、自分のこともそれほど嫌いではなくなるらしい。

世の中にある悲しみや苦しみも、たいがい許せるようになってくる。砂を嚙むように生きてきた葉寧は、生まれて初めて瑞々しい果実を口にしたような気がした。ほんのり甘く、たっぷりと水分を含んだ果実は、葉寧のひび割れた心に染み込み、潤した。隻眼に映る空すら、以前より青かった。

いつかふたりで所帯を持ちたい……花梨が蝶々である以上、難しい話ではあったが、ふたりとも希望を捨ててはいなかった。年季が明ければ、自由になれる籠蝶々もいる。それまでに身体か心、どちらかを病んでしまう者も多かったが……花梨は芯の強い女だった。葉寧は花梨と、籠の女達を身を挺して守った。

花梨は、葉寧の人生に初めて咲いた花だった。

それを強引に毟り取ろうという奴を、葉寧は許せない。花梨のためならばなんでもできる。兄に会うだけで金がもらえるというなら、お安い御用だ。そう思った。

けれど、想像以上に心は乱れた。

小川のほとりで出くわしてしまい、名を問われた時は逆上した。

弟の顔を覚えていないのか。

おまえが捨てた弟の顔を。

いや、その程度の思いだったからこそ、見捨てたのか。迎えに来なかったのか。

兄を待ち続けた幼い日々が断片的に蘇り、葉寧の心を打ち砕いた。

取り澄ました白い顔。立派な神官服。

自分とはまったく別の人生を送った兄がそこにいた。小汚かった子供の頃とはずいぶん変わったが、面影は残っていた。間違いなく兄だ。葉寧を見限った男だ。激しい怒りに、身体が勝手に動いた。小川に沈め、殺しかけて苑遊に諌められた。

それほど憎いあの男が――花梨を助けたというのだ。

だが事実なのかは、まだわからない。

その話を葉寧に伝えたのは、見ず知らずの女だ。くさくさした気分の中、ひとり飯屋で酒を飲んでいた時、さりげなく隣に腰掛けた女が「アンタ、葉寧さんだね」と話しかけて来た。どこにでもいそうな、小太りの中年女だ。

――花梨さんが助け出されたよ。あんたの兄さんの手柄だ。

なんの話かわからず、女を睨みつけてやった。女は涼しい顔のまま続けた。

――ここじゃ詳しいことは話せない。五辻を南に行った、大欅のある屋敷においで。そこで花梨さんに会えるよ。ああ、わかってるだろうが、苑遊様には黙っておいたほうがいい。せっかく見つかった花梨さんが消えたりしないように。

するすると早口に言うと、女は去っていった。

信用できるはずもない。だが、花梨の名が出た以上無視もできなかった。

かくして、葉寧の外出を嫌う苑遊の目を盗み、件の屋敷前まで来たわけである。石を積んだ塀の向こうから、大きな欅が生えている。中の屋敷もまた、大きい。かなり裕福な商人か、下手をすれば貴族の屋敷ではないか。

「いつまでそこに突っ立っているつもりだ」

突然降ってきた声に、ぎくりとした。

葉寧は身構えて、上を見る。最初は欅に誰か登っているのかと思ったが、そうではなかった。屋敷を囲む塀の上に腰掛け、脚をぶらぶらさせている若者がいるのだ。

若者はひょいと、身軽に塀から飛び降りてきた。

「入るならさっさとしろ」

「……誰だ、おまえ」

隻眼で睨み、葉寧は聞いた。なんだか妙な若者だ。女のように美しい顔立ちだが、目の力の強さは武官を思わせるほどだ。身なりからして身分が高いのはわかるが、良家の子息は塀の上に座ったりしない。

「私のことなんかどうでもいいだろ。早くあの娘に会いたくないのか」

「あの娘？」

「花梨に決まってるだろうが。おまえを待ってるぞ」

「……本当に、ここにいるのか」

疑いの目を向けられた若者は「嘘だと思うなら、さっさと帰れ」と背を向ける。葉寧は慌てて「待て」と止めなければならなかった。

「本当にいるなら……会わせてくれ」

「ふん。最初からそう言えばいいんだ。猜疑心の強い奴め」

若者はちらりと葉寧を振り返ってそう言い、「ついてこい」と門をくぐる。門の内側に入り、庭を進みながら葉寧は驚いた。外からではわからなかったが、内部は警護の数が多い。しかも、この黒装束の者たちは、葉寧の見間違いでなければ……みな女だ。顔のほとんどを頭巾で覆っているが、身体つきでわかる。

「ここは……誰の屋敷なんだ」

「まあ、私のだな」

「あんたは誰なんだ。貴族か。なんで花梨を……」

問い詰める言葉を無視し、若者は回廊で待っていた女に「案内してやれ」と葉寧を引き渡すと、さっさと消えてしまった。葉寧は舌打ちしたが、今は花梨に会うのが先だ。

「こちらへ」

小柄な女に導かれ、奥まった房へと向かう。身なりは庶民なのだが、その身のこなしにやはり身分の高さを感じる。きっと王宮の女官は、こんな感じなのではないか。

と、絹をふわりとなびかせて、女がひとり房から飛び出してきた。

「花梨！」

「葉寧……！」

花梨が、真っ直ぐ葉寧に駆け寄る。声の方向で位置がわかるのだ。葉寧は腕を開き、愛しい人をしっかりと抱きしめた。たしかな体温と匂いを感じた時、緊張しきっていた心の一部がふわりと解け、目尻が熱くなるほどに安堵する。花梨の両目からもはらはらと涙が流れ落ちている。

よかった。無事だった。

葉寧にとって、自分自身より大切なものが無事だった。

ふたりはしばらくそこで抱き合ったまま再会を噛みしめていたが、やがて女たちに促されて房に入る。

房は居心地よく調えられており、花梨は美しい絹の座布団に座る。

「座敷牢に閉じこめられていた私を、あなたの兄様が助けてくれたんです」

涙を拭うと、花梨は言った。

「それは……本当なのか」

「本当よ。自分は葉寧の兄だと、はっきりと仰ったわ」

「だが、偽りかもしれん」

「いいえ、あのお声に嘘はなかった。あなたのことを心から案じていらしたわ」

花梨の耳は確かだ。見えないぶん、人の心を敏感に察する。それはわかっているのだが……葉寧はなお、納得できない。

「あいつはお偉い宮廷神官なんだぞ。そんな奴がどうして九華楽くんだりまで行って、籠蝶々のおまえを助けたりするんだ」

「やれやれ、そんなこともわからんとはな」

またしても突然の声だった。振り返ると、先ほどの若者である。

花梨が「櫻嵐様」とかしこまり、声に向かって低く頭を下げた。どこの誰かは知らないが、この若者が花梨を保護してくれているのは事実だ。葉寧も同じように頭を低くしておく。

櫻嵐と呼ばれた若者は上座に回り、ふたりの前に胡座をかく。そして、まず花梨に向かって優しく、「不自由はないか？」と尋ねる。

「はい、みなさまによくしていただき、夢心地で過ごしております」

「それはなによりだ。不足があれば、遠慮なく言ってくれ。……不足といえばな、葉寧とやら、おまえはもう少し頭を働かせたらどうだ。鶏冠が花梨を助けたのは、おまえの為に決まっているではないか」

呆れ口調で言われ、葉寧は眉を寄せる。

「今更、あの男を信じろというのか」

「そりゃ今更だが、仕方ない。鶏冠はおまえが死んだと思っていたんだ」

「死んだ方がましな思いで、生きていたさ」

「そう自慢するな。不幸や不運なぞ、いたるところにある」

つまらなそうに言われ、頭に血が上った。おきれいな金持ちの子息に、なにがわかる
——葉寧の怒気が伝わったのだろう、力んだ腕を、花梨がそっと押さえる。

「とにかくな、鶏冠が……おまえの兄が花梨を助けたのだ。それは間違いない」

「……桂季盛の屋敷は、そう簡単に入り込める場所じゃない」

「蝶々に化けて、宴席に潜り込んだらしい」

「は。そんな与太話を信じるとでも？」

葉寧は乾いた笑いを漏らした。いくら細くて女顔とは言え、大の男、しかも神官が遊女に化けるなど、あり得ない。

「だよなあ。与太話にしか聞こえないよなあ」

櫻嵐は半笑いで頷き「だが」と続ける。

「そんな愚かしい真似ですら、弟のためならばするんだよ、鶏冠は。偽りではないぞ。花梨も見ている。いや、見てはいないか」

はい、と花梨が答えた。

「見てはおりませんが、わかりました。お化粧のにおいがしましたが、手に触れると男の方の骨で……実際、桂季盛がそう言ってるのも聞きました」

「あの変態な」

櫻嵐が花茶を啜りながら言う。

「実際のところ、鶏冠の女装ときたらたいしたものだ。たいていの男はくらりと来る。

もちろん、本人は不本意なわけだが。いずれにせよ、まんまと侵入し、花梨を見つけ出したがそのあとは危なかった。ま、さる高貴な御方が助け出し、今はこの竜仁《りゅうじん》の都に戻ってきているものの……」

カチリと小さく音を立て、櫻嵐は繊細な茶器を置き、

「今となっては鶏冠自身すら、花梨を助けたことを覚えていない」

そう続けた。

「……なんだって？」

「鶏冠は記憶を失っている」

「そんな……あの御方が？」

花梨も初めて聞く話らしい。不安げに葉寧の袖をぎゅっと摑んだ。

「助け出された直後、落馬して頭を打ったのだ。すべてを忘れたわけではなく、ここ数年の記憶だけが欠如しているらしい。十三、四の書生だった頃に戻ってしまっている」

「……馬鹿な……」

葉寧が声を上擦らせると「私だってそう思ったさ」と櫻嵐は溜息をついた。

「あるいは、これも鶏冠の策で、そんな振りをしているのかとも考えたが……どうやら違うらしい。そもそも、聡明ではあるが、人を騙すのに長けた男ではない。本当に……忘れてしまっている。今の鶏冠は、私すらわからないのだ。まったく……なんてことだ、もうすぐ天青が戻るはずなのに……」

葉寧の知らぬ名をあげて、櫻嵐は俯き、額を押さえた。だがすぐに顔を上げ、強い意志を感じさせる瞳で「とにかく」とこちらを見据える。

「鶏冠は自分を犠牲にしてでも、花梨を助け出したのだ。おまえはそれを胸に刻む必要があるのではないか、葉寧」

「……俺は……」

「まあ、おまえがどう思うかはおまえの勝手だ。だがな、これはしっかり聞いておけ。よいか、考苑遊は恐ろしいぞ。おまえが思っている以上に、だ。おまえを利用して鶏冠を動かし——ここでは口にできぬほどの企みを講じている。奴の駒になるな。すぐに苑遊から離れるのだ」

苑遊が只者ではないことくらい、葉寧もわかっている。奴にとって自分はただの駒であり、用済みになれば捨てられるだろうことも、承知の上だ。だが、少なくとも金は支払ってくれた。約束した半分はすでに葉寧に渡されており、半分でもかなりの金額だったのだ。

だいたい、この櫻嵐とかいう若者も、何者なのか知れない点では苑遊と変わらない。鶏冠との繫がりは強いらしいが、それは葉寧にとって信頼の証とはならない。むしろ逆である。

「俺は誰の命令もきかん。自分で考えて、自分で動く」

「葉寧……」

花梨が困惑し「この御方は信頼できるわ」と言った。

「花梨を保護してくれたことは……礼を言う。遠からず、必ず迎えに来る。ちゃんと金も払う」

「金などいらん。邪魔じゃないなら、おまえが持ってろ」

そう言うと、櫻嵐は立ち上がった。

「ま、初対面の相手を信じろというのも無茶な話だな。こっちも身分は明かしていないわけだし……いいさ、好きにしろ。自分で判断すればいい」

思っていたよりあっさりとそう言い、歩き出す。控えていた女も立ち、櫻嵐のあとをついていった。と、回廊を行きかけてまた戻り、ちらりと顔を見せると、

「あとはふたりでごゆっくり」

などと意味深に笑って、今度こそ遠ざかっていく。花梨が頰を染めながら、しばらくは低く頭を下げていた。

「……花梨、あいつはいったい何者なんだ？」

静かになった房で、花梨を胸に引き寄せて聞く。

「私にもわからないの。一風変わっているけど……かなり身分の高い御方なんだと思うわ。それに、とてもいい方よ。おおらかで、でも優しくて……細やかな気配りをしてくださるの」

「なんだ。惚れたのか」

冗談半分、やっかみ半分で聞くと、花梨が「ふふ」と笑い、白い指先で葉寧の顔に触れる。しばらく楽しそうに笑っていたが、やがてまたはらはらと涙が零れ始めた。葉寧はなにも言わず、痩せてしまった身体をしっかりと抱き締めた。

言葉などなくとも、気持ちは伝わってきた。

本当はふたりとも、諦めかけていたかもしれない。

もう会えることはないのだと。二度と触れることはできないだろうと。

なぜなら、今までの人生がすべてそうだったからだ。欲しいものが手に入ることなどなかった。苦難から逃げることも叶わなかった。諦めて、諦めて——いつしかそれが普通になっていた。そうしなければ生きていけなかった。

「花梨」

けれど今、再び会えた。

この幸運を誰に感謝すればいいのか。

見たこともない神に？　あるいは、花梨を助けたという、兄に？

いまだ困惑は大きい。それでも今は、愛しい人の体温がここにあることだけで——涙が出そうだった。

3

「神官書生の……天青、というのですね？」

穏やかに尋ねられ、天青はぽかんと口を開けてしまった。

鶏冠の表情に険しさはない。

焦りもなければ、憂鬱もない。

勝手に宮中を出た天青を叱るでもなく……いいや、それ以前の問題だ。

「すみませぬ。そなたのことを覚えていないのです」

聞き違いかと思った。

絶句している天青を見て苦笑いを零し、鶏冠は続ける。

「なんでも私は、馬から落ちて頭を打ったせいで、この数年の記憶が抜け落ちてしまったらしく……。自分でも信じられないのですが、大神官様もそう仰っていたので、間違いないでしょう。昨日、藍晶王子に初めてお会いした時も、すっかりご立派になられていて驚きました」

驚いたのはこっちだ、と言い返すことすらできない。

口を開けたまま、藍晶王子を見る。王子は天青を見つめ返し、溜息を殺しながら「このとおりだ」と告げた。

今さっき、やっとの思いで宮中に戻ってきた天青である。

熱はある程度下がったものの、まだ身体は本調子ではない。それでもなんとか帰って来られたのは、鵬与旬が秘密の抜け道を教えてくれたからだ。入り口はごく小さく、けれど内部に入れば充分な空間のある山の切り通しで、なるほどこの道があるからこそ、高齢の与旬もここに住めるのだなと納得した。

途中まではハクの背にしがみついたまま切り通しを駆け抜け、麓からは馬に乗って急ぎ戻ってきたのだ——命がけで得た、宦官日誌を抱えて。

「それはいったい、なんの冊子なのです？」

なのに鶏冠は、天青の前に置かれた宦官日誌を見てそんなふうに聞く。

鶏冠が、オレを覚えていない……？

頭の中が真っ白になる。

なにも考えられない。なにを言えばいいのかもわからない。縋るように王子を見ることしかできなくなっていた。

「鶏冠。そなたは先に下がっていてくれ。私は天青に話がある」

「かしこまりましてございます」

丁寧に頭を下げて、鶏冠は房から出て行く。天青のほうをちらりと見ることすらない。

本当に、忘れている。

天青と過ごした日々のすべてを……鶏冠はなくしてしまったのだ。

「記憶が戻る可能性もある」

慰めるような王子の言葉に、天青は「どれくらい、ですか」と上擦る声で聞いた。

「絶対に戻るんですか？　いつまで待てばいいんですかっ⁉」

「こら、天青」

窘めたのは、藍晶王子の横に座る曹鉄だ。

「取り乱すな。我々がどんなに焦ろうと、それで鶏冠の記憶が戻るわけではない。しかもこれは誰かの策略ですらなく……弟の想い人を救おうと、無謀な真似をしたのは鶏冠自身なのだ」

「それは……そうだけど……」

俯き、黙り込んだ天青に「とにかく、今後の対策を考えなければ」と、意識した冷静さで藍晶王子は言った。

今まで、鶏冠の身分と弟の存在については、天青と櫻嵐だけが知るところだったが、すでに藍晶王子と曹鉄も事情を知っている。天青が寝こんでいるあいだに、櫻嵐がふたりに打ち明けたのだ。

「鶏冠の身分については、大神官様にもお話しした。大神官様はうすうす気づいておいでだったようだ。だが、ご自分で調べようとは思わなかったと……つまり、身分より、鶏冠という人間の中身を重んじたのであろう」

「藍晶王子は、どう思われますか」

聞いたのは曹鉄だ。

「鶏冠が隷民であるとわかった今も、大神官に推挙しようとお考えになりますか？」

「…………」

藍晶王子は難しい顔で押し黙った。

隷民ならば、大神官どころか一切の神職につくことはできない。隷民出身の大神官など、世の常識で考えれば、あってはならないことなのだ。

「……正直、迷っています。隷民が大神官になるなど、私ですら考えたことがなく……しかし、私の望む新しい政に、鶏冠という人材が欠かせないのも確か……」

考え込み、一度は俯いた藍晶王子だが、すぐに顔を上げ「いずれにしても」と続けた。

「まずは、鶏冠の記憶が戻らなければ。天青が大変な苦労をして宦官日誌を持って帰ってきてくれたというのに……。時に兄上、この宦官日誌の内容についてはお聞きになりましたか？」

藍晶王子の質問に、曹鉄は「はい」と答えた。

「櫻嵐様よりうかがったばかりです。……俺が本当に王子である可能性は低いこと。その証拠がこの宦官日誌にあるだろうこと」

曹鉄に動揺の色は見えなかった。

それどころか「実のところ、安堵しております」と笑みすら見せる。

「自分が王子だなど……あり得ないと、ずっと思っていましたから。なのにこうして藍晶王子の横に座し、兄上などと呼ばれるのは、正直いたたまれない気分です。……王子、せめて我々だけの時には、もう『曹鉄』と呼び捨てていただけませんか」

自ら下座に退がり、曹鉄は頭を低くした。藍晶王子はしばし思案していたが、やがて「あいわかった」と頷く。

「我が兄でなかったにしろ、曹鉄には此度のことで多々迷惑をかけた。決着がついたら、武官として今まで以上の位につき、私を守ってほしいと思っているのだが……」

「光栄にございます」

下座に移った曹鉄が、曖昧な第一王子の顔から、凜々しい武官の顔に戻る。それを見るのは天青にとっても嬉しいことだったが、まだ問題は山積みだ。

「天青、それは封印されているのか？」

曹鉄が宦官日誌を見て聞き、天青は頷いた。

「写しを作られたり、書き換えられたりしないように、こうして封印してあるんだって。開けていいのは王様と大神官だけみたい」

「ほう……そんな決まり事があるのか。ではここで開けることもできぬな」

「王子もご存じなかったのですか？」

曹鉄の問いに、藍晶王子が頷く。

「宦官日誌は後宮の記録ゆえ、表に出ることはほとんどない。あるとすれば……そう、世継ぎ問題で揉めた時くらいだろうな。此度のように」

藍晶王子が宦官日誌を手に取る。

小口の中央が紙と糊で封印され、貼り合わせた部分には宦官の印が押されている。さらに絹の組紐で十字に括られ、その結び目には封泥という厳重さだ。もちろん、天青もまだ中身を見ていない。

「これがあれば……もう鶏冠が脅されることもないと思ったのに……記憶が……記憶がないなんて……オレのこと、なんにも覚えてないなんて……」

呆然とする天青に、藍晶王子が「記憶が戻らないと決まったわけではない」と告げた。

「私も王宮の医師たちに、できる限り手を尽くさせる。天青、そなたはまず身体を休めなさい。今にも倒れそうな顔色をしている」

「王子の仰るとおりだぞ、天青。この宮にある房を使うといい」

曹鉄にも言われ、天青は「はい」と頭を下げた。実際、身体はかなり参っていた。こんな状態ではろくにものも考えられない。

今天青がいるのは曹鉄が第一王子として使っている宮だ。当初は銀雪斎にいた鶏冠も、今はこの宮で寝起きしていると聞いている。ほとんど軟禁状態らしいが、仕方ないだろう。大神官候補が記憶を失ったとわかれば、宮中は大混乱だ。

天青はその場を辞して、支度された房に向かった。

「……オレ、汚い……」

旅の埃と汚れにまみれている自分がいやだった。天青がなにも言わずとも、女官たちが湯を用意してくれる。「お手伝いいたします」と伸びる手を「し、神官書生だから！」と慌てて断る。

ひとりになり、浅い湯桶に足を浸けた。あちこちに傷ができていて、湯が染みる。痛い。涙が出た。

傷が痛いからではない。鶏冠のことを考えたら泣けてきた。

初めて見るように、天青を見た。知らぬ人を見るような目……いや、実際そうなのだ。今の鶏冠にとって、天青は見ず知らずの神官書生にすぎない。

そんなの、いやだ。ひどい。

叱られて耳を抓られ、書写を十巻命じられたほうがどれだけましだろう。

湯に浸した布で髪と身体を浄め、新しい書生服に着替える。

床ものべてあった。少し眠ったほうがいいのだろうが、眠れないのはわかりきっている。身体はくたくたなのに、頭の混乱は目を冴えさせる。

ひとりになりたくて、天青は中庭に出た。

柳の枝をくぐりながら、数え切れない溜息を零す。これからいったいどうなるのだろう。鶏冠の記憶は本当に戻るのだろうか。天青を思い出してくれるのだろうか。

今までもつらいことはあった。いくらでもあった。

そもそも親に捨てられて始まった人生だ。つらいことだらけだ。けれど天青にとってはそれが普通でもあった。生きていると楽しいこともあると知ったのは……鶏冠と出会ってからなのだ。もちろん、宮中ゆえのどす黒い策略に巻き込まれ、恐ろしい目にも遭った。命も狙われた。けれど、腹一杯食べられて、学ぶことを知り、歳の近い友も得た。天青は出来の悪い書生だったけれど——いつでも、鶏冠が導いてくれた。

そして守ってくれたのだ。

そのすべてを失った気がした。もちろん、過去が変わるわけではない。天青はちゃんと覚えている。だが鶏冠は忘れてしまったのだ。鶏冠の記憶に、もう天青はいないのだ。

それがどうしようもなく悲しい。

また涙が零れる。泣いてたって仕方ないんだと自分を叱咤し、目を拭う。次の涙が零れないように、呼吸を整える。

どれくらい立ち尽くしていただろう。

ガサリと藪を踏む音がした。

音の方向を見ると、奥の竹垣を一部崩して、あたりを窺いつつ、こちらに踏み入ってくる男がいる。目があってお互い身構えたが、すぐに知った顔だと気がついた。

「あれ、お兄さん、こないだの……」

「おまえ……」

以前、紫苑宮の小川で会った男だ。

あの不思議な色と光を纏った、隻眼の若者である。ふたりでまんじゅうを半分こして食べたりもした。

「びっくりした。なにしてんの、こんなとこで。よくここまで入ってこられたね？」

「出入りの商人に金を握らせて、酒樽の中に隠れて入ったんだ。そこまではよかったけど、さっき武官に見つかったんで……ふたりばかりのしちまった」

「武官をふたり？」

天青は驚き、若者は気まずそうな顔をしている。

「お兄さん強いんだな……けど、それってますますまずいかも。ここは、その、高貴な人の住んでるとこだから、見つかったら大変なことになるよ？」

「わかってる。だがどうしても会わなきゃならない相手がここにいると聞いてな」

差し迫った顔つきだった。王宮の、しかも第一王子の宮に忍び込むなど、無謀もいいところだ。それだけの無茶をしても会いたい相手とは、いったい誰で、どれほどの事情があるのだろう。前回会った時の印象からしても、天青にはこの若者が悪人だとは思えなかった。場合によっては、力になれるかもしれない。

「とにかく、ここじゃやばいって。オレの房においでよ。そこで話を聞くから」

天青は早口に言い、若者の袖を引っ張ったが反応がない。

彼は身体を強ばらせ、右目だけを見開いて、天青より後ろのなにかを凝視していた。

天青もつられるように、振り向く。

柳の下に、誰か立っている。

風にまっすぐな髪がさらさらと靡いている。天青たちを見つけると、ほんの少し微笑んだ。まるで少年のように、はにかんだ笑みだった。

「ああ。天青、だったね」

鶏冠が言う。

さっき知り合ったばかりの人間に話しかけるような口調が悲しくて、天青は返事に詰まった。どうやら鶏冠も散歩をしていたらしい。

ざっ、と先に歩きだしたのは、まだ名前もしらない若者だった。

思い詰めたような表情で、鶏冠に向かってまっすぐ進んでいく。天青も慌ててあとを追った。

「ど、どうしたの」

「……あいつに、用があるんだ」

「鶏冠に？　待って、ちょっと待っ……」

止めようとして前に回った天青を右手だけで無造作にどかし、若者は鶏冠と対峙した。

鶏冠は不思議そうな顔で若者に顔を向ける。誰だろう、という顔だ。

柳の葉が揺れる下、ふたりはしばし見つめあっていた。

若者はなにかに耐えるように、固く唇を引き結んでいる。

ふと、鶏冠の表情が変わった。

まさか、という感情が浮かび、鶏冠はさらに一歩、若者に近づく。大きくふたつ瞬きをし、目の前の顔をじっと見つめ、頭の先からつま先までを見て、また顔に戻る。今度は耳のあたりを凝視していた。そして、おもむろに、

「その目は……どうしました？」

そう聞いた。若者は「怪我をして、潰れた」と短く答える。

「あなたの……歳は？」

「十九」

「親兄弟は？」

「みな死んだ。……と、最近まで思っていた」

「……額を……見ても構わないでしょうか……」

言いながら、鶏冠が若者に手を伸ばす。ふたりの距離がさらに縮まる様子を、天青は言葉も挟めずにただ見ていた。天青のことはまったくわからなかった鶏冠なのに、この若者に対する目つきは次第に変化している。

鶏冠が若者の前髪をかきあげ、無惨に潰れた眼窩が露わになる。だが鶏冠が見ているのはそこではなかった。生え際あたりにある、さほど目立たぬ古い傷跡……そこに視線が釘づけになっていた。

「よ……」

鶏冠の声が震えていた。

白い手が、若者の頬を包む。若者は無表情に立ち尽くすだけだ。

「葉寧……！」

自分より背の高い若者に縋りつき、叫んだ。

葉寧——その名前を知っているはずなのに、認識するのに時間がかかる。まさか、そんな、という思いが、天青の事実認識を邪魔している。

「葉寧……生きて、生きていてくれた……！」

神よ、と鶏冠は嗚咽した。

頬に涙がぽろぽろとこぼれ、それを拭うこともなく、何度も何度も葉寧の名を呼ぶ。

それは鶏冠の弟の名だ。夢の中で鶏冠が苦しげに呼んでいた名だ。

生きて、いたのか。

天青は呆然としたまま、無言の葉寧と、泣きむせぶ鶏冠を見つめる。

これは、喜ぶべきことのはずだ。鶏冠があんなにも気にかけていた弟が生きていたのだから、喜ばなくては……そう思うのに、なにかひっかかる。

「……今度は自分で思い出したか」

葉寧が重い口を開く。弟に縋ったまま、鶏冠が顔を上げた。

「え……」

「二度めの再会だ。あんたはついこのあいだも俺に会っている。その時は俺が誰なのかわからなかったがな」

「お……覚えていない……」

ふん、と葉寧は鼻で笑った。

「俺はあんたを殺しかけたんだ。自分ばかりが貴族になり、神官になり、なに不自由なく暮らして……俺などすっかり忘れ、迎えに来なかったあんたを、殺してやろうと思った。それくらい……」

憎かった、と葉寧は続けた。

冷たい目で兄を見据え、鶏冠は呆然と立ち尽くしている。

違う、と天青は思った。

鶏冠は忘れていなかった。何度も夢に見るほど、弟のことを思っていたはずだ。うなされながら、葉寧という名を呼んだのは一度や二度ではない。天青はよく知っている。

だが鶏冠はなにも言わず、ただ濡れた瞳で弟を見るばかりだ。

「俺はさんざんだったぜ。死んだほうがましって暮らしぶりさ。この目にしてもそうだ。隷民の目がひとつやふたつ潰れようと、主は気にもしねえ。なあ、兄貴。俺が鞭で打たれてる時、あんたどうしてた？　菓子でも食ってたか。書でも読んでたか？　俺が死にかけてた時、あんたはいったいなにしてたんだよ？」

かくん、と鶏冠の膝が折れる。

手はしっかりと葉寧の袖をつかんだまま、その場に膝をついた。弟を見上げる目から、また涙が流れる。

「死んでてくれればよかったんだ」

　葉寧は暗い声を出した。

「死んでてくれれば……こんなに憎まないですんだ。なのに。なんであんた生きてるんだ？　神官なんかになってんだ？　そんなきれいな顔で、世の中の汚いものなんかなにも知らないって顔で……」

　違う、そうじゃない。

　鶏冠はそんな神官じゃないんだ。自ら隷民街に出て、子供たちに菓子を配り、病の子には薬を与える、そんな人だ。俺を守り、導いてくれた立派な人なんだ。

　そう言いたいのに、声が出ない。

　天青は、張りつめた空気の中で、兄弟のあいだに入り込めない。

「しかも今度は記憶がないだと？　いったいどこまで逃げるつもりなんだよ！」

「……て、くれ」

　俯いた鶏冠が小さく言った。聞き取れなかった葉寧が眉を寄せる。

「殺してくれ」

　顔が上がり、繰り返す。

「ずっとおまえに会いたかった。ずっとおまえに謝りたかった。私のせいだ。ぜんぶ、私のせいなのだ。あの時、おまえを先に養子に出していれば……おまえがなにを言おうと、そうしていたなら……ここで神官になっていたのは、おまえだったかもしれない。

おまえは賢くて、優しい子だった。私などより、きっと立派な神官になったはずだ。すまなかった、葉寧。私が、おまえの人生を奪った。その目を奪った。だから、殺しておくれ。もういいんだ。おまえに会えたのだから、なにも悔いはないよ」

泣きながら、鶏冠が微笑む。

葉寧は怖いほどに感情の見えぬ顔で、殺せと請う兄を見下ろしている。

「その手で、殺してくれ」

跪いたまま鶏冠は葉寧の手を取って、自らの首に巻きつけた。

葉寧は逆らわない。鶏冠の両手が離れても、その細い首を握っていた。まだ力は入れず、瞬きもせずに兄を見下ろしている。

鶏冠が目を閉じた。

うっとりと――いっそ幸せそうに見えるほどに。

その瞬間、天青は弾かれるように動いた。固まっていた関節がほどけ、足が地を蹴る。

「だめだ！」

思い切り、葉寧を突き飛ばした。

天青よりずっとしっかりした体軀が、よろけて数歩後ずさる。

「鶏冠を殺すなんて許さない！」

「天青。邪魔をしないでおくれ」

困惑声を出すのは鶏冠だ。

天青は鶏冠を守ろうとしているのに、当の本人はむしろ迷惑そうな視線さえよこす。おまえには関係のないことだろうとその瞳が言っている。

つらい。胸が張り裂けそうだ。

それでも天青は「だめだ」と繰り返した。制止の言葉は、葉寧ではなく、むしろ鶏冠に向けられていた。

「死ぬなんて、絶対にだめだ。オレの知ってる鶏冠はそんなことを言う人じゃない！」

「けれど私は、そなたの知る鶏冠ではありません」

あっさりと言われ、頭に血が上る。怒りと悲しみで涙目になりながら「だとしても、神官なんだろっ」と天青は怒鳴った。

「あんたはもう、神官なんだよっ。神官の命は神様のもんで、あんたのもんじゃないんだっ。そんな簡単に死ぬなんて言うなよ！」

「神職にも未練はない。私が死んで葉寧の気がすむなら、命を惜しいとは……」

「ばか！」

反射的に、動いてしまった。

手のひらが熱い。じんじんする。

打ったからだ。この手で、鶏冠の頰をひっぱたいたからだ。やってしまってから、天青自身もびっくりした。師範神官を殴る神官書生など、聞いたこともない。

「……な、なにを……」

鶏冠も驚いていた。打たれた頬を押さえ、愕然としている。

「あ、あんたは、オレを見捨てるのかよ！」

肩を怒らせ、天青は叫んだ。みっともない涙声だったけれど、今はその涙を隠す余裕もない。

「オレを山から連れ出して、宮中なんかに放り込んだのはあんたなんだぞっ！　あ、あんたには責任があるんだっ。オレが一人前になるまで、ちゃんと導く責任がある！」

「そなたには悪いが、私は記憶が……」

「記憶は戻る！　オレが戻してみせる！」

考えるより先に、言葉が口をついて出た。

具体的な解決策など思い浮かんではいない。あるいは、とうっすら浮かぶものはあったが、確信ではなかった。それでも言わずにはいられなかった。鶏冠が自分のことを忘れたまま、過去に囚われて死を選ぶなんて、許せるはずがない。

「……そんなことが、おまえにできるのか」

低く聞いたのは葉寧だ。

「できるって言うんなら、やってみろよ。こいつの記憶を戻してみろ。……ちくしょう。俺だって、このままじゃ据わりが悪いんだ」

忌々しげにそう言う。葉寧のほうにも、なにか事情があるようだ。鶏冠が助け出したという、葉寧の想い人とやらに関係があるのかもしれない。

「医師でもないおまえに……できるとは思えねえけどな」

吐き捨てるように言われ、天青は葉寧を見た。

「できる」

今度は明確な意志のもとに言った。できるというより、やる。やってみせる、それしか方法がないなら、この身のすべてをそれに賭けよう。

「天青、なにを言っているのです？　そなたはただの神官書生であろう？　いったいなにができると……」

鶏冠の言葉に、天青は俯いて力なく笑った。そうか、それも忘れているのか。まあ当然なのだろう。天青のことを忘れているのだから、天青が何者なのかだって覚えているはずがない。

「やってみせる。……だってオレは」

顔を上げた。鶏冠と葉寧、両者を見据えて、天青は言った。

オレは、慧眼児なんだから、と。

なんとも心許なく、かつ不可思議な気持ちであった。

鶏冠はあたりを見回す。知らない者に囲まれている。

知っている顔もある。だが、歳を取っている。もともと老齢だった胆礬《たんばん》大神官はさほど変化を感じなかったが、藍晶王子には驚いた。少女と見まごうばかりだった可愛らしい少年が、なんと立派な世子におなりになったことか。

さらに驚いたのは鏡を見せられた時である。自分の顔もまた、歳を取っていたからだ。面長になり、顎が尖り……目つきはやや悪くなったのではないか？

ひと晩眠っただけで、数年の年月が流れてしまった――鶏冠にとっては、そういう状況だった。神官書生が、いきなり紫色という上位神官になっていたのだ。驚いたというより、信じられなかった。

曹鉄と名乗る男が現状を説明してくれたが、半分も呑み込めなかった。しかも、曹鉄は第一王子らしい。赤子の頃に亡くなった、藍晶王子の兄が生きていたというのだ。王子と知り、礼を尽くそうとすれば「いや、でも違うかもしれんのだ」などと、戸惑い顔を見せる。状況がまったく把握できない。そして幾度も「本当に俺と天青を覚えていないのか」と聞く。そのたびに鶏冠は同じように「覚えていません」と返さなくてはならず、正直面倒になってきたほどである。

苑遊が来てくれた時には、本当に嬉しかった。神官服ではなく、ずっと華やかな上衣を纏っていたけれど、それが外つ国を思わせる顔立ちによく似合っていた。

けれど曹鉄はなぜか、鶏冠と苑遊が会うのを快く思っていなかったようだ。まるで見張るかのように、房の隅から動かなかった。

喜ばしい驚きもあった。弟の葉寧が生きていたのだ。

死んだと聞いた時は、激しい後悔に慟哭したが……生きていてくれた。強い憎しみをぶつけられはしたが、それは当然のことだ。どれほど憎まれても構わない。生きていてくれただけで嬉しい。

葉寧は、先だっての再会を二回目だと言っていた。では一回目はいつだったのか。

本当はもっと話をしたかったのだが、あのあと、警護の巡回が近づいたのですぐに立ち去ってしまったのだ。一緒にいた天青という少年に事情を聞こうかと思ったのだが
「今はなにを喋っても……たぶん無駄だから」と口を閉ざしてしまった。

――オレが鶏冠の記憶を取り戻してみせる。

あの書生はそんなことを言っていた。

天青という名だ。神官書生にしては言動に品がないようにも思えるが、大きく澄んだ眼は印象的だった。

その天青が、鶏冠の記憶を取り戻すと……自分は慧眼児だから、それができると言い出したのだ。

思わず失笑してしまった。慧眼児という言葉は知っている。過去に存在していた文献があることも承知だ。かといって、伝承にすぎないその存在を、鵜呑みにはできない。

人の心を見抜く心眼を持つ者……まるでお伽噺だ。実在するはずがないのだ。まして、自分がそうだと名乗るなど、笑われても仕方ないではないか。

鶏冠が笑ったとき、天青はひどく傷ついた顔をした。

悪気はなかっただけに、鶏冠が悔いるほど、落ち込んだ表情になった。そのまま無言で去って行ったが、どうもそれ以降、気に掛かり続けている。

寝床についても、ちらちらとふたつの顔が浮かぶ。

ひとりは葉寧だ。幼い頃の面影はほとんどなくなってしまった弟だが、生え際の傷と耳の形はそのままだった。

探して、探して、見つけられなかった。やっと葉寧と一緒に働いていた少年まで辿り着き——死んだと聞いて、愕然とした。激しい後悔の中、そこで諦めてしまった。自分の得た情報が間違いだという可能性を考えなかった。決して捨てたつもりはないけれど、葉寧からすればそういうことになる。

恨まれても仕方ない。その憎しみをも、受け入れよう。死をもって償えというのなら……葉寧には鶏冠を殺す権利がある。本気でそう考えていた。

なのに、あの少年が……天青が、それを止めた。

瞼を閉じると、天青の顔がちらつく。

愕然とした顔、目を真っ赤にしてなにか怒っている顔、堪えきれなくて泣き出す顔。

そして、天真爛漫な笑顔。

奇妙だ。鶏冠は見たことがないのに。

あの少年が笑っている顔など、まだ一度も見ていないではないか。

なのに、知っている。容易に想像できる。記憶をなくしていたあいだのことに関係しているのだろうか。曹鉄、天青、そして藍晶王子もそうだ。畏れ多くも、鶏冠に特別配慮してくれているように感じる。いったい、どういう繫がりがあったというのだ？

つらつらと考えながら、ふいにおかしなことに気づいた。

自分が葉寧の死を知ったのは……いつのことだったろう？　確か、十六くらいの時にようやく長い休暇が取れ、探しに行ったはずだ。十六？　いや、だが今の自分には十三、四の頃の記憶しかなく――けれど弟の死は知っていた。

ああ、混乱する。

おまえは書を読むと落ち着くだろうから……と曹鉄が置いて行った書物もそうだ。読んでいないはずの書なのに、内容を知っていた。これから学ぶはずのことを知っていたのだ。どうやら、記憶の喪失にはむらがあるらしい。もしかしたら、時間が経てばもとに戻るのかもしれない。

戻りたいとは……あまり思わない。

できればこのまま放っておいて欲しい。周囲の様子から鑑みて、波瀾万丈であったろう数年間を取り戻したいとは思わないのだ。どう考えても、厄介ごとに巻き込まれそうではないか。

臆病だと罵られようと、鶏冠はもともとそういう性格なのである。人生に波風を立てず、平穏に過ごしたい。神官を目指したのも、野心あってのことでではない。ただ学問が好きで、書物が読みたかったからである。無論、養父母の期待に応えて、恩返しをしたいという気持ちもあったが、自らが出世したいと考えたことはないのだ。

なのに、目覚めたら紫色神官である。

もっとも、葉寧が生きていた以上、神官という立場も捨てなければならないだろう。隷民の分際で神官になどなったのだから、重罪である。死罪もあり得るが、どうせ死ぬならば葉寧の手にかかって死にたい。あるいは、運良く流刑ですんだなら……たとえ不毛の地であろうと、一握りの粟を得るために身を粉にして働こう。幼い頃を思えば、貧しさには耐えられるはずだ。それが葉寧への償いだと思えば……耐えられるはずだ。

けれど、神はそれすら許してくれないらしい。

「そなたの身分について、私はなにも知らぬ」

上座から藍晶王子が宣う。

鶏冠が葉寧に会った翌日、突然房においでになったのだ。側近の赤烏《せきう》と、天青を伴っていた。みな表情は硬い。

「もちろん本当は知っている。だが、知らぬふりを通すと決めた。大神官様とよく話し合い……王には報告しないことも決めた」

「……恐れながら、それは……」

「言うな。わかっている。世子と大神官が王に隠し事をするなど、あってはならぬこと……いつかこの身に神罰が下るであろう。だが、私も胆礬大神官も、その神罰を背負ってなお、より優先すべきものがあると判断した」

「より優先すべき……？」

「そなただ」

聞き違えようもなく、明瞭に王子は言った。

「正しく言えば、記憶を取り戻したそなただ。もっと言えば、この国の民のためだ。私の描く麗虎国の未来は、民の苦しまぬ国だ。その理想を成し遂げるためには、どうしても瑛鶏冠が必要なのだ」

いまだ年若い世子だが、緊迫感溢れる口調に、鶏冠は逆らいようもない。世継ぎたる王子に、こうも求められる存在に……自分はなっていたというのか？

「従って、私は天青に賭けることにした」

鶏冠の隣に座す天青は、俯いたままこちらを見ようとはしない。

「最初に聞いた時は、私も驚いたのだが……ほかに方法がないのだとすれば、試みる価値はあろう。天青、今一度問うが、その方法で本当に鶏冠の記憶は蘇るのか？」

「……絶対とは、言い切れません」

強ばった表情の天青が言う。

「でも、王宮の医師が言うには、鶏冠師範は十年分の記憶を完全になくしたわけではないそうです。記憶はちゃんとある。でもそれは頭か心か……どこかに深く沈んでしまっていて、取り出すことができなくなっているると。……だから、迷子になっている記憶たちを見つけてやらなければならないと」

天青の言葉はわかるような気もした。事実、葉寧についてのように、覚えていることもあるのだ。言ってみれば、頭の中がぼんやりと霧がかっているようで……けれど、部分的には霧が晴れている、そんな感じだろうか。

しかし、鶏冠自身はその霧をすべて取り払うことが怖くもある。

「記憶を見つける……か。具体的にはどうするのだ？」

藍晶王子の問いに「中に入るんです」と天青が答えた。

「中？」

「このあいだ、沙夜《さや》姫を助けた時と同じです。あのときオレは、『青き石』の力を借りて沙夜姫の内側に入りました。死の淵のぎりぎりで迷子になっていた沙夜姫を見つけ出して、説得したというか……うまく言えないけど、そんな感じで……」

「人の無意識の中に潜入する？　慧眼にはそのような力もあるのか……」

感服する王子に向かい、天青は「でも」と顔を曇らせる。

「簡単ではないです。すごく集中しなきゃならないし……実際、オレはあのあと寝込んじゃったし。それに、沙夜姫はまだ小さいからか、素直にオレに反応してくれました。

たぶん、大人はもっと大変だと思います。しかも、鶏冠みたいな性格というか、性質というか……その……」

「時に頑なで、容易に人に心を開かぬ、ということか？」

藍晶王子が言い、天青は曖昧に頷く。

「……たぶん……そんな感じ……」

藍晶王子はしばし思案するように目を伏せていたが、やがて視線を上げ、控えていた赤鳥に「通せ」とだけ告げた。

は、とすぐに赤鳥は立ち上がり、別の房で控えていたらしいある人物を連れてくる。

その人を見て、鶏冠は少なからず驚いた。

「苑遊様……？」

いつも通りの涼しい顔で、苑遊が現れたのだ。

王子へ正式な礼を捧げると、許しを得て、一番下座についた。優雅に座る動作に、ふわりと異国めいた絹が風をはらむ。

「考苑遊」

藍晶王子が呼ぶ。

「はい」

「天青は、そなたの助けが必要だと言う」

「……私の？」

頭を低くしたまま、苑遊は薄笑いを浮かべた。

……こんなふうに笑う人だったろうか？　鶏冠の中に違和感が生まれる。たしかに苑遊なのに……鶏冠の知る、兄のように頼りになるあの方とは、なにかが違う気がする。

「天青が言うには、そなたには天青と似た力があるとか」

「……………」

苑遊を包む空気が、一瞬揺れた。

表情に変化はないが、僅かな動揺が鶏冠にも伝わる。天青と似た力……つまり、慧眼児のような？　もっとも、天青が本当に慧眼児であることすら、鶏冠には信じられないのだが。

「仰る意味が、よくわかりませぬ」

顔を上げ、穏やかに苑遊が言う。だが目の光が揺れるのは隠せない。藍晶王子が、説明を促すように天青を見た。

「オレはまだ半人前の慧眼児だから、いろいろ間違うこともあるけど……でも、人の気の色がまったく見えないなんてことは、今までなかったんだ。読みにくい色とか、そういうのはあるけど……自分の力が跳ね返されるみたいな、あんな感覚は……苑遊様が初めてだった」

苑遊はなにも返さなかった。ただじっと、天青の言葉の続きを待っている。

「どうしてなのかずっと不思議だったんだけど……オレの中に棲む『青い石』が、その理由を教えてくれた」

——同じ性質の者同士が触れ合えば、互いを跳ね返すのだ。

天青の中に住む『青き石』とは、慧眼の力を司る存在のことだろう。詳細はよくわからないが、鶏冠はそう解釈した。つまり、天青は慧眼児であるがゆえに……自分と同質の者を見抜いたと？

ならば、苑遊もまた——慧眼児だというのか？

「私は慧眼児などではありませんよ」

鶏冠の疑問に答えるように、苑遊が淡々と述べる。

「天青様のような力が、私などにあるはずがない」

薄く笑ったままそう答えた苑遊に「嘘だ」と天青が揺るぎなく言う。

「慧眼児かどうかはわかんないけど、苑遊様は特別な力を持ってる。しかも強い力だ」

「はは」

苑遊が笑う。

馬鹿馬鹿しい、とその顔に書いてあった。それからゆっくりと視線を動かして鶏冠を見た。ひたと当てられた視線に、心臓がどきりとする。

「鶏冠様はどのように思われますか？　私と一緒にいて、私が尋常ならざる力を持っていると感じたことがおありで？」

「わ……私は……」

答えに詰まってしまった。

書生仲間から苛められがちだった鶏冠を、いつもさりげなく守ってくれる、優しい先輩神官……鶏冠にとっての苑遊は、そういう存在だ。特別な力を持っていると思ったことはない。けれど、この人の勘の鋭さや察しのよさに舌を巻いたことは数え切れない。時には、人の心が読めるのか、と思ったこともあった。

「ああ、記憶を失っている鶏冠様に聞くよりも……恐れながら藍晶王子、いかがでございましょう。私が慧眼児だとお思いになりますか？」

藍晶王子はしばし考え「そなたは怖いほどに聡いが」と言い、

「天青のような能力は……神に与えられし力は、感じぬ」

そう結んだ。苑遊は微笑み「ご慧眼です」と返す。

「王子のお見立てどおり、私など、しょせんは狡猾な俗人にすぎませぬゆえ……」

「そこなんです。王子がお気づきにならないから、すごいんです」

天青が強い調子で割り込んでくる。

「どういう意味だ？」

藍晶王子に聞かれ天青は身体をやや前のめりにした。

「苑遊様は、自分の力を自在に制御できるんです。だからこそ、周囲の人間は気がつかないんです」

苑遊の顔からスッと笑みが消えた。天青はなおも言葉を続ける。

「力が中途半端な者ほど、自分で制御できません……今のオレみたいに。苑遊様は、オレなんかよりもっと強い力があるんだと思います。たぶん、その特別な力に気づいた唯一の人物が……賢母様なんです」

賢母様……虞恩賢母のことである。

そういえば、なぜか昔から苑遊は虞恩賢母からの呼び出しがよくかかった。縁あって、よくお世話してくださるのだ……そんなふうに聞いていたが、具体的なことは鶏冠も知らない。賢母といえば王の母である。そんな位の高い人物と昔から懇意であるというのは、よくよく考えれば不自然だ。

「……なるほどな。理にかなっている」

藍晶王子が言った。

「考苑遊。そなたは虞恩賢母のもと、曹鉄王子を世継ぎにしようと策略を練り、結果、曹鉄王子に大怪我をさせたという嫌疑がある。いまだ証拠はないものの、私はそのことを忘れる気はないぞ。曹鉄にかけられた暗示はごく強いものだった。特別な力を持つ者でなければ、人の心をああも動かせまい。母を思う王様の温情が強く、離宮へ追いやられただけの処分だったが……本来、そなたは投獄されていてもおかしくはない。取り調べのきつい責め苦もあったやもしれぬ」

「……はい。承知いたしております」

「だが、そなたが天青に協力し、鶏冠の記憶を取り戻せたならば……賢母様だけは宮中に戻れるよう、私から王様へ進言いたそう」

「取引、ということにございますか」

「そのとおりだ」

王子の答えに迷いはなかった。

「そなたにしても、実のところ困っているはずだ。鶏冠が記憶を取り戻さなければ、大神官になりようがない。鶏冠を大神官に仕立てること……それはそなたたちの野望に、絶対必要な条件であろう？」

大神官？

今、王子はそう仰ったのか？　驚愕した鶏冠は「そ……」と口を開けたが、王子は右手の動きひとつで発言を制した。

「鶏冠、そなたにはあとで説明する。どうだ、考苑遊。違うか？」

戸惑う鶏冠をちらりと見て、苑遊が笑った。どこか相手を見下したような……王族の前で見せるにしては、甚だ不敬な笑みだ。

「実に聡明なお世継ぎであらせられる」

口調もまた、空々しい。王子の背後に控える赤鳥が、今にも斬りかかりそうな目で苑遊を睨みつけていた。

「恐れながら、私からもお伺いしてよろしいでしょうか」

「なんだ」

「あなた様はなにゆえ、そうまでして鶏冠様の記憶を取り戻したいのでしょうか」

「私の目指す政には、鶏冠が必要なのだ」

「左様にございますか。――しかしながら、鶏冠様が記憶を取り戻し、大神官になったのち……私がなにを要求するか、聡明な御身はすでにご存じのはず」

畏れ多くも世子を試すかのような口調だったが、藍晶王子は冷静さを崩さず「なんの話かわからぬな」と相手にしなかった。おそらく苑遊が言いたいことを王子はわかっておいでなのだ。だが当の鶏冠には意味不明である。

「今一度聞くぞ苑遊。天青に協力するのか、否か」

「……王子のご命令に逆らうはずがございませぬ」

慇懃に答え、頭をなお低くする。

王子にしろ苑遊にしろ、あくまで礼節を保っているものの、周囲の空気はひりひりと痛いほどの緊張感だ。そんな中、鶏冠はただ息を詰めているしかない。

「ではしばし宮中に滞在する旨、賢母様に文を出すように。言うまでもないが、此度の件に関しては、一切他言無用だ。そなたの身柄は、しばらく我が護衛官たちの監視下に置かれるが、数日のことゆえ耐えてくれ」

「承知いたしました。喜んで籠の鳥となりましょう」

そう答え、苑遊は顔を上げた。

鶏冠と目が合うと目元で微笑み、天青へは不敵な笑みを送った。余裕綽々……そんな言葉の思い浮かぶ態度だ。

状況は、相変わらずわからない。

だが鶏冠は、自分が間違いなく、麗虎国の歴史に関わる大事に巻き込まれているのをありありと感じ、肌が粟立つほどに戦慄したのだった。

4

王子が兵を動かす——その意味を、曹鉄は軽視しすぎていた。

仕方ないではないかと、内心では思っている。こちらの都合などお構いなしで、突然王子に仕立て上げられたのだ。王子としての教育など受けてはいないし、出兵がいかに重きことなのかなど、知るはずもないのだ。

「王宮の兵はすべて、王の兵なのです曹鉄様」

しかつめらしく言うのは大臣のひとりである。

「曹鉄様の周囲におります兵は、曹鉄様を守るようにと、王から命を受けた兵にございます。身近にいるからといって、ご自分で好きに動かせるものではございませぬ。曹鉄様が兵を指揮するためには、我ら臣下の合意が必須なのです」

高貴な者への進言として、頭を下げてはいるものの、言葉尻に（ものを知らぬ俄王子め）という侮蔑が滲んでいた。

合議の間である。

豪奢な台座に据えられた玉座には橄欖《かんらん》王がいささかの困り顔で座っている。

一段下がった場に曹鉄が立ち、両脇にはずらりと、武官、文官の大臣たちが居並ぶ。この中に何人、曹鉄の肩を持つ者がいるだろうか。おそらく、いてもひとりふたり……。世継ぎではない第一王子に恩を売ったところで、なにも得はあるまい。

ましてて、宮中の陰で権力を揮っていた虞恩賢母が離宮に送られた今、曹鉄の居心地がよいはずがないのだ。

「そのへんでよかろう。確かに兵を動かしたことは問題だが……九華楽に向かうことを許可したのは余なのだ。よく聞かなかった余にも落ち度はある」

王はそう言い、曹鉄を庇ってくれた。

そう、王は許可をくれたのだ。九華楽を仕切る桂季盛の横暴ぶりを問いただしに行きたい——その申し出を許してくれた。ただ、ここに行き違いがあったのだ。王が許可したのは、あくまで『勧告』であり、兵を引き連れて屋敷に乗り込むとは思っていなかったらしい。

「曹鉄は王子となってまもない身じゃ。一度の過ちをそう責めることもあるまい」

その言葉に、白いものの混じる髭を蓄えた古参の武官大臣が「お言葉ではございますが」と発言する。

「此度の件は、見過ごせぬ過ちにございまする。そもそも、たかだか色街を治めている下級貴族の騒動ではございませんか。役所が取り締まればいいだけのこと。王子ともあろう御方が動くことじたいがおかしいのです」

さようにございます、と文官大臣も口を開く。

「身分ある御方が軽々しく動けば、むしろ世は混乱いたします。それに……よくない誤解を招くこともあろうかと」

誤解？

意味がわからず、曹鉄は無言のまま文官大臣を見る。

「過去にも無断で兵を率いた王子がありましたが……確か、継承権を剝奪され、幽閉されたと記憶しております」

途端にほかの大臣たちがざわつきだす。

「そうであった……あの時も……」

「あの王子は幽閉先で、冬を越せずに、お亡くなりに……」

「なんと憐れな……しかし……」

「致し方あるまい。謀反を企てたと疑われては……」

「そう、王子が兵を動かすとはそういうことじゃ……」

謀反だと？

さすがに驚いて「お待ちください」と曹鉄も口を挟む。

「私は謀反など、考えたこともありません」

いいかげんにしてくれと、やや尖った声が出た。すると武官大臣が「もちろんそうでございましょう」と頭を低くし、気持ちの伴わない声音で言う。

「しかしながら曹鉄王子、人の気持ちは目に見えぬもの。だからこそ、行いが肝要なのでございます。ましてあなた様は王子というお立場なのでございますから」

「それはわかるが、しかし」

「さらに申し上げれば」

武官大臣が顔を上げた。険しい目つきで真っ直ぐに曹鉄を見る。

「曹鉄王子は王位継承権を弟君に譲られました。従ってこのままでは、第一王子であるにも拘わらず、玉座にお就きになることはございません。そういうお立場の方が、臣下に相談なく兵を動かせば……謀反を疑われたとしても、致し方ないこと」

「なっ……」

曹鉄は絶句してしまった。

なんだそれは。どういう曲解だ。

曹鉄は王になる気などさらさらなかった。むしろずっと、勘弁してくれと思っていた。虞恩賢母の策に嵌まり、苑遊に操られるように動いていた時ですら……心の奥底ではもがき、抵抗していた。だからこそ、藍晶王子に刃を突き立てることはできなかったのだ。

腹が立つのを通り越し、呆れて言葉も出ない。

「そなたらは第一王子を謀反人だと言うか」

王も気色ばんで臣下を見据える。

「いいえ、王様。そうではございませぬ」

臣下たちは畏まり、武官大臣が代表して答える。

「信じているからこそ、今は律を守っていただきたいのです。ここで曹鉄王子をお許しになれば、律を曲げたことになりまする。王が律を守らずして、誰が律を守ろうとするのでしょうか」

橄欖王は玉座の肘で、指を忙しなく動かしていた。この王様は、生真面目でやや神経の細い性質だと聞いている。臣下から律を持ち出されると弱いのだ。もし、この場に藍晶王子がいたならば、きっとうまく曹鉄を助けてくれただろうが——おそらく、なんの知らせも受けてはいまい。大臣たちが周囲に口止めをしたに違いなかった。

「王様、厳しいご処分を下すべきです」

「さようにございます」

「王様、なにとぞ」

臣下たちが次々に訴え、頭を下げる。みな、曹鉄に処分をと訴えているのだ。

まずいな、と曹鉄は内心で舌打ちをした。こうなっては王もなんらかの処分を下さずにはいられないだろう。謹慎くらいですめばいいが……幽閉などと言われれば最悪だ。本物の王子ですらないのに、謀反を企てた王子として、一生閉じこめられて生きるなど、死ぬより惨めな運命ではないか。

「なぁにが謀反だ。片腹痛いわ」

唐突な声が合議の間に響く。

振り返った曹鉄が見たのは、美しくも凜々しい麗虎国の姫……櫻嵐だった。今日もやはり、貴族の子息のような男装をしている。そのすぐ後ろで、扉番の武官たちが狼狽えているところを見ると、無理やり押し入ったのだろう。相変わらずの行動力である。

櫻嵐は沓《くつ》を鳴らし、堂々たる歩みで王の前まで出ると、膝を曲げて礼を捧げ「父上、闖入するご無礼をお許しください」と言う。

「姫、いかがいたしたのじゃ。そなたはこちらから呼ぶことがない限り、合議の間には入れぬ身。それは知っておろう？」

戸惑い気味の王が言う。冤罪により母親を処刑され、自らも山に打ち捨てられていたこの姫に父王は弱い。しかしここは政の場、窘めないわけにもいかないのだ。

「もちろん承知の上にございますが、此度の件ではこの櫻嵐も無関係ではございませぬゆえ、ご叱責を覚悟の上参りました」

「無関係ではない？」

はい、と櫻嵐は顔を上げる。

大臣たちは眉を顰めて、この扱いにくい姫君を見ていた。櫻嵐の人望は厚く、ことに女官たちからは絶大な支持を得ている。王宮における人員の実に七割は女官であり、しかも上級女官ともなれば、貴族・王族の女性たちにはもっとも身近な話し相手なのだ。身分が高貴な女性は、自分が出歩くことは少ない。代わりに動くのが信頼のおける上級女官たちである。そこを掌握しつつある櫻嵐に、下手なことは言えない。

「曹鉄王子が桂季盛を征伐いたしたのは、至極真っ当な理由あってのこと。あの者は自らの快楽のために、遊女数名と、使用人の女数名を手にかけた疑いがあります」

「それは聞いておる。しかし、そういった不届き者を取り締まるのは、王子ではなく、役人の仕事であるゆえ……」

「父上のお言葉はごもっとも。しかし、桂季盛はその役人にたんまりと賄賂を送っておりました。黙り賃、ですな。すでに証拠も挙がっておりますし、そもそも、その証拠を探し出すよう命じたのは、曹鉄王子ではございませぬ。この櫻嵐が進んで動きました。助け出した遊女から実情を聞き、これを見すごせば人の道を外れると思いまして」

「そなたが……？」

「さようにございます。誰の命も受けず、勝手に動きました。そしてあくどい桂季盛を懲らしめんと、自ら乗り込むつもりでいたところを……曹鉄王子に止められたのです。私の代わりに、行ってくれると」

「そ……」

それは違う、嘘だ、櫻嵐姫はこの曹鉄を庇おうとして作り話を……と曹鉄が言うよりも早く「なんということを！」と文官大臣が大きな声を出した。

「姫様というご身分でありながら……まるで武官のような振る舞い。まったく、信じられませぬ」

するとほかの大臣たちも、つられたようにいっせいに同意の声を出し始めた。

「なんと、はしたないことか」

「いくら姫君といえ、女性が政に関わるなどありえぬ」

「ああ、天の怒りがなければよいのだが……」

ここぞとばかりに、非難は続いた。だが櫻嵐は一切動じることもなく、

「ならば！」

と鋭い一声を発した。大臣たち全員がぎくりと固まる。

「ならば、私も曹鉄王子同様、処分を受けようではないか」

くるりと踵を返し、大臣たちを見据えて櫻嵐は言った。

「さあ、大臣たち、私をどう処分する？　また山奥にでも捨てに行くか？　あるいは離島へでも流刑にするか？　なに、遠慮はいらぬ。極限の暮らしはもう経験ずみだ。たとえ泥水を啜り、木の皮を剝いで食べてでも、この命を繫いでみせよう。そして決して忘れぬぞ。そなたらの顔を忘れぬ。私は私を害した者を忘れたりはせぬ。生憎、ぬくぬくと育ったおしとやかな姫ではないからな！」

拳を握りしめ、櫻嵐はますます声を張った。

「だからこそ、九華楽に沈んだ女たちの苦しみが少しはわかるのだ。ただ生きているだけでもつらい女たちが、残虐な領主に嬲られ、殺されるのを、黙って見ていろと？　それを知りながら、汚い金を握らされて黙っていた役人を許せと？　悪いが私にはそんな真似はできぬ！　そなたたちにはできるのであろうが、私にはできぬ！」

高い天井に、よく通る声がびりびりと響いた。

なんと美しい横顔だろう……曹鉄は見とれずにはいられなかった。

櫻嵐は、苦しむ民を、ことに女という弱い立場の者を見捨ててはおけないのだ。下々の者の苦しみを現実として理解できるのは、彼女自身が苦しみながら生きてきたからにほかならない。なに不自由なく宮中で暮らした姫であれば、可哀想にと一言呟き、次の瞬間には忘れてしまう。

誰しもが口を閉ざしていた。大臣たちはばつの悪そうな顔をして俯いている。

だが年嵩の大臣がゴホンと咳払いをし「勇敢なる姫君のお言葉はもっともですが」と嗄れ声で言い繕い始める。

「世の中には役割というものがございまする。武官には武官の、文官には文官の……それぞれが役割をきちんとこなし、世を治めるのが道理というもの。そして姫君の役割は、悪人を狩り出すことではございませぬ。よき夫に嫁ぎ、よき妻、よき母となることこそが、姫様の最も大きな役割かと。……そうでございましょう、王様？」

大臣に問われ、王はやや躊躇いつつも「う、うむ。さようであるな」と答えた。

一方で、櫻嵐は半笑いだった。貧しさゆえに身を売って生きる女の街。そこを牛耳り、非道を尽くしていた桂季盛と、癒着していた役人たち。……今はそんな話をしていたはずなのに、なぜ突然「女は嫁に行け」ということになるのか、おまえらは馬鹿か、本物の馬鹿なのか。……そんな心の声が、曹鉄には聞こえるようだった。

「櫻嵐よ、そなたの民を思う気持ちはよくわかっておる。だが余も少々心配なのじゃ……そろそろ、チマチョゴリを纏ってはくれぬか。そなたの幸福のためにも、ふさわしい嫁ぎ先を探さなければならぬ」

王としては、親心で言ったのだろう。女性の幸福は結婚相手に大きく左右される。それは事実だ。かといって、今の櫻嵐にとっては、まったくくだらぬ茶々が入ったとしか思えないはずだ。その気持ちもまた、よくわかる。だいたい、この姫に相応しい器の男など、どこを探せばいるというのか。

「姫様、おわかりですかな。我々は姫様を処分するつもりなどございません。曹鉄王子と姫様では、そもそもお立場が違いまする」

「……女は口を出すな、さっさと結婚して孕め、ということか」

「おお、嘆かわしい。王族の姫が口にする言葉ではございませぬぞ」

「愚か者めが！　姫だったせいで打ち捨てられ、この有様なのだ！」

怒鳴った櫻嵐に、大臣がびくりと肩を竦めたが、それでも他の大臣が、「何卒、ご退出くださいませ」と慇懃無礼なほどの仕草で退路を示した。

櫻嵐は曹鉄をちらりと見たあと、悔しげに眉を寄せた。

「いやだ。出て行かぬ」

「そもそも合議の間は、女人禁制にございます」

「知るか」

「律を守っていただけぬとあらば、護衛官たちに姫様をここからお出しせよと命じなければなりませぬ」

王が律に弱いことを承知で、狡猾そうな文官大臣が言った。櫻嵐は唇を嚙みしめ、頰を強ばらせている。曹鉄のほうがたまらない気持ちになった。自分を助けるため、ここに現れてくれた櫻嵐が責め立てられているのだ。

「さあ、お行きください」

「まだ話はすんでいない！」

「ならばやむを得ませぬ。護衛官！」

大臣が控えていた護衛官を呼ぶ。

剣を携えた大男がふたり、左右からのしのしと櫻嵐に近づいてきた。櫻嵐が燃えるような目で睨んだが、動きは止まらない。無骨な手が細い腕を掴もうとした瞬間、曹鉄は「やめよ！」と鋭く叫んだ。

「櫻嵐姫に触れることは、兄である私が許さぬ！」

護衛官たちは戸惑い、櫻嵐は大きく目を見開いていた。大臣たちがざわめき、中のひとりが「曹鉄王子、お控えください」と呆れたように言う。

「なぜおわかりいただけぬのですか。すべては律のもとに動いているのです。たとえ王族であらせられようと……いいえ、王族であらせられるからこそ、律を重んじなくてはなりませぬ。曹鉄王子が勝手に兵を動かせぬのも律、姫様がこの場に入れぬのも、律。

ここまでご説明してもおわかりにならないようでは、麗虎国の未来は案じられ……」

説教めいた言葉が途切れる。

扉が開き、四角く切り取られた屋外の光が差し込んできたからだ。櫻嵐は強引に扉番をふっきったのだろうが、今回は違う。

蝶番の軋む音を立てて、ゆっくりと厳かに扉が開く。

「これはこれは、みなさまお揃いでございますな」

最も高い位を表す、黄色の神官服を纏い、矍鑠《かくしゃく》と立つ姿。

胆礬大神官だ。

曹鉄や櫻嵐とは違い、合議の間に堂々と入れる権利を持つ者。王とほぼ同等の権限を持ち、時に王を窘め、その暴走を止め、場合によっては罷免することもできる、権力者。

背後にもうひとり神官を伴い、胆礬大神官は静かに通路を進んだ。櫻嵐と曹鉄も、頭を下げて道を譲る。

「王様、遅れましたことお詫び申し上げます」

「おお、参ったか。体調が悪いゆえ、来られぬと聞いていたのだが」

「さようにございますか。……おかげさまで、すっかり快くなりました」

さらりと答えた大神官だったが、実際は合議の報せが届いていなかったのだろう。多少なりとも後ろ暗い部分を持つ大臣たちにとって、清廉潔白な大神官は目の上の瘤に他ならない。大臣たちの何人かが、俯くのが見える。

「王様。さきほど、律がどうこうという声が聞こえて参りましたが」

「うむ。此度、曹鉄王子が兵を率いたことを処罰すべきだと、大臣たちの申し出があったのだ。それについて話し合っていたところ、櫻嵐が飛び込んで参り……」

「お帰りいただこうと、ご説得申し上げていたところにございます」

武官大臣が言い、櫻嵐はフンと片頬を歪めた。

「なるほど」

大神官は頷き、大臣一同をぐるりと見回す。

「しかし、なぜお帰りいただく？　九華楽での事件は、多くの証拠と証人を櫻嵐姫が集めてくださったと聞いている。大きなお手柄だったのだから、この場に参加する権利はおありだろう」

大神官の言葉に、武官大臣は「なにを仰いますか」と大袈裟に驚いてみせた。

「ここは合議の間、麗虎国の重大な政のなされる場にございます。律により、女人禁制とされておりまする」

大神官は「ふむ」と軽く後ろを振り返った。そして、小柄でやや目の離れたおつきの神官に「さようなのか？」と聞く。

「いいえ大神官様。そのような律はございません」

おつきの神官の返事に、武官大臣は「いいかげんなことを申すでない！」といきり立って言い返した。

「先の王様の頃より、合議の間に女が入ったことなどないわ!」

怒鳴られた神官は「はあ、まあ」とのんきで曖昧な返事をして、大神官を窺う。大神官は少し笑い、「教えてさしあげるとよい、民世《みんせい》」と告げた。

民世……曹鉄にも覚えのある名前だ。

たしか、最近になって宮中入りした師範神官だったはずである。もう五十をすぎているが、選抜試験ではぬきんでた成績で首位を獲得し、特別な計らいにより宮中に上がったと聞いている。

「たすかに、前王様の御代には、合議の間に女人が入った記録は残っておりませぬ。ですが先々代の折には、病の王様に代わり、王妃様が大臣たちと合議なさった記録がございまする」

「な……適当なことを申すでない！」

「はあ。わたくす、適当なことは申し上げませぬ。文書が残っておりますゆえ、ご不審ならばおたすかめください。そもそも、合議の間に女が入ってはならぬという律はございません」

「では大臣たちが申していたのは？」

櫻嵐が聞き、民世が答える。

「律ではなく、慣例にございましょう。律であれば、文献に記されているべきなのですが、合議の間が女人禁止という文献はございませぬゆえ」

すらすらと述べる民世に、ひとりの文官が「待たれい」と噛みついた。

「そなた、まるで王宮のすべての文書を読み、かつ記憶してるような口を叩くではないか！」

興奮気味の文官に対し、民世はあくまでおっとりとした様子で「はあ、いやあ」と返す。とぼけた風情だが、わざとではなく、こういう性格のようだ。

「すべてというのは、まだ無理にございます」

「そうであろう。なのに、律だの慣例だのと口を挟むのは失敬……」

「匿書文庫に入るには、特別なご許可が必要ゆえ。しかしながら、閲覧可能な記録書につきましては、読破いたしましてございます」

「……嘘を申すな」

「わたくす、嘘は申しませぬ」

大臣たちが、まるで舌を抜かれたように押し黙る。

曹鉄はすぐ横にいる櫻嵐に、小声で（みななにを驚いているんです？）と聞いた。すると、やはり目を見開いている櫻嵐が教えてくれた。宮中にある、神官が閲覧可能な記録書は一の蔵から五の蔵まであり、冊子が数千、巻物が数千あるというのだ。それをぜんぶ……この神官が読んだというならば、たしかに驚愕に値する事実だ。

「ことに律に関するものは重要と思い、丁寧に読みますた」

大臣たちがざわめき、文官のひとりが、ひきつる顔で聞いた。

「民世殿。さきほど仰った、王妃が合議の間に入った記述は……どの文書にあるのだ？」

「三の文書蔵、乙の棚の真ん中らへんにございます『麗虎国詳細史第二四七巻』ですな」

「……まさか、ぜんぶ場所を覚えているのか？」

「はあ、場所がわかりませんと、探せませぬゆえ」

誰もが唖然としていた。これが本当ならば、人並み外れた記憶力である。

「……また、王子が一存で兵を率いたという件にございますが、そちらも前例がございます」

「なんと。それはまことか」

玉座から王が身を乗り出し、民世は「はい」と頭を下げた。

「さほど珍しいことではございませぬ。戦のあった頃はしょっちゅうですし、平和な御代にも幾たびかございました。若く、血気盛んで正義感の強い王子様なれば、王様の命を待ちきれずに動いてすまうものです」

「して、その場合の処分は」

「はい。状況に応じて様々でございます。謀反の疑いあらば厳しく罰せられますし、民を救うための行いであった場合は、ほんの軽い処分ですんでおりまする」

そうか、と王が安堵顔を見せた。

「ならば余も、此度の件は不問といたそう。律を破ることにはならないのであろう？」

「ご安心ください、王様。律は充分に重んじられております」

答えたのは大神官だった。どうやら厳しい処分が下ることはなさそうだと、曹鉄も胸をなで下ろす。櫻嵐もこちらをちらりと見て、にやりと笑った。一方で大臣たちは苦虫を嚙みつぶした顔が多い。

「それにしても……」

感慨深げに、庚《こう》民世が口を開く。

「曹鉄王子と櫻嵐姫の行動力には感服いたすました。以前から九華楽という街の罪悪にはわたくすも胸を痛めておりましたが、これで救われる女子供も多いことでございましょう」

「いや、私は……その……」

曹鉄としては、単に鶏冠を助けたかっただけである。責められても困るが、褒められるのもいささか居心地が悪い。だが櫻嵐に関しては、民世の言うとおりだ。保護した女から話を聞き、九華楽という街の腐敗に猛然と腹を立て、貧しく弱い女たちのために動いたのはこの姫に他ならない。

「勇敢なのは、櫻嵐姫でございます」

「はあ、まったくですなあ。他国には『女人の強きは国の強き』という諺がございます。女性が強くのびのび暮らす国は栄える、という意味ですな。桂季盛のような残忍な輩を成敗しようとなすった櫻嵐姫も、それを手助けなさった曹鉄王子も、賞賛されこそすれ、責められる謂れなどこれっぽっちもございません」

しかも、と民世は続けた。

「桂季盛には、どうやら高位の貴族とも癒着があるようにございますて。はあ」

横目で大臣たちを見て、民世は淡々と述べた。大臣たちの何人かが、突然凍ったように身を硬くしたのがわかる。

「それはゆゆしき問題じゃ」

「まったくでございます、王様」

大神官が深く頷いた。

「お世継ぎが無事に決まったとはいえ、いまだ麗虎国は諸問題を抱えている最中。話し合うべき問題は山とあるはずなのに……大臣らが姫様の嫁ぎ先を心配している場合ではございませんでしょう」

「うむ、そちの申すとおりじゃ。櫻嵐の今後については、後宮に任せるべきであるな」

王の言葉に、櫻嵐がやや頬を膨らませた。嫁に行けという点は変わらないのだなという不服だろう。なんとも愛らしいふくれっ面に、曹鉄の頬まで緩みそうになる。

兎にも角にも、今回は大神官と庚民世に助けられた。

一見おとなしく、どこか垢抜けない民世だが、かなりの遣り手である。これは敵に回したら厄介だなと考えていると、ふと目があってしまった。

庚民世がニッと笑った。

蛙のような顔に、曹鉄もつられて小さく笑ってしまったのだった。

──協力してもよい。ただし条件がある。

苑遊にそう告げられた時、天青は（やっぱりきたか）と思った。予想していたので驚きはしない。おそらく天青が苑遊の立場でも、同じ手段に出ただろう。

純白の儀式服に着替えながら、天青は昨夜を回顧する。

苑遊に呼び出され、ふたりだけで話した。鶏冠の記憶を取り戻すにあたり、協力はしよう、ただし……。

──宦官日誌を渡せ。

ほら、な。

苑遊はぜんぶお見通しなのだ。天青が脚折山まで赴き、鵬与旬に会ったこと。そして宦官日誌を持ち帰るのに成功したことも。

──言わずともわかるだろう？　そちらに宦官日誌がある状況では、鶏冠の記憶を戻したところで、我々にはなんの益もない。

苑遊と虞恩賢母の目的は、曹鉄を王位に据えることだ。

まだ封印されている宦官日誌に、曹鉄が王子ではない決定的な証拠が記載されていれば、その野望は完全に潰える。それでは鶏冠を脅し、大神官にしても無意味なのだ。

——そう言われて、オレが渡すと思ってんの？

天青がぞんざいに問うと、苑遊はにやりと笑い「無論」と答えた。

——優先順位を考えればわかる。おまえにとって、鶏冠は宦官日誌よりも重要な存在のはずだ。このまま鶏冠の記憶が戻らないなど……耐えきれるはずがない。違うか？天青。

違わない。悔しいが、そのとおりだった。

天青を知らない鶏冠、天青との思い出をなにひとつ持たない鶏冠——そんな鶏冠を見ているのはつらい。早く思い出してほしい。心からそう願っている。

宦官日誌を苑遊に渡してしまえば、天青の苦労はすべて無駄になる。たとえ鶏冠の記憶が戻ったとしても、もともと不利だった状況に逆戻りするだけだ。もし藍晶王子が同じ場にいたら、この条件を飲んではならないと、天青に命じたかもしれない。だからこそ、苑遊はこうしてふたりだけになった時に、もちかけてきたのだ。鶏冠をなにより優先する天青の気持ちを、苑遊はしっかりと見抜いている。

——渡せば……本気で協力してくれるのか。

——約束しよう。……ふふ、私としては、今の可愛い鶏冠のままでいてほしい気持ちもあるが……あのまま大神官の椅子に座らせるわけにもいくまい。

――なにが可愛い、だよ。

鶏冠をまるで自分の持ち物のように言う苑遊に腹が立ち、天青は声を張った。

――記憶がもとに戻れば、鶏冠はあんたなんか大ッ嫌いになるんだからな！

投げつけた言葉に、苑遊の眉がぴくりと反応する。だがそれ以上表情を変えることはなく、ごく静かに「そうであろうな」と答えた。

――おまえにはわからぬだろう。嫌われ、憎まれるのは残念だが……それでもましなのだ。この手から失うよりは。

――え？

意味がよくわからず、天青は訝しむ顔を向ける。

だが苑遊はぽつりと「喋りすぎた」と呟き、くるりと踵を返してしまった。数歩歩いてから、半身だけで振り返り、

――明け方まで待とう。それまでに持ってこなければ、交渉は決裂だ。

そう告げて立ち去る。

天青は眠らずに考えた。

宦官日誌を渡したとする。そして、鶏冠の記憶が戻ったとする。

ゆくゆく鶏冠が大神官になれば、苑遊はその鶏冠を利用し、王となった藍晶を罷免させるだろう。曹鉄が従わなかったとしても、鶏冠の身分問題を明かしてよいのかと脅し、強引に引き受けさせるに違いない。

あるいは、記憶の戻った鶏冠ならば、自らの出自を告白し、処分に甘んじるかもしれない。……いや、鶏冠ならば、そうするのが自然なように思える。自分の身分を隠し通すため、偽の王子を玉座に就けるなど鶏冠らしくない。拒絶するはずだ。そうさせないために、苑遊は鶏冠になにを言ったのだろう？

もうひとつの選択がある。つまり、宦官日誌は渡さないとする。

となると、おそらく鶏冠の記憶は戻らない。天青ひとりでは失敗する可能性が高い。その場合、鶏冠は苑遊に取り込まれるだろう。今の鶏冠は天青より曹鉄より、苑遊を信頼しているのだ。そのあと苑遊はどうする……？　きっと鶏冠を利用する。どう利用する……？

天青は頭を抱えた。そうか……自分だ。

今度は慧眼児である天青を動かすために、鶏冠を使うつもりだ。いわば鶏冠は、そうと知らず人質になる。そして天青は鶏冠のためならば……苑遊の非道に手を貸してしまうかもしれない。正しき義より、情を取ってしまうかもしれない。

なんて情けないのだろう——慧眼児だというのに。

しらじらと夜が明ける。

打開策など見つかるはずもない。ただ、鶏冠の記憶が戻らないのが最悪の展開だということはわかった。だから天青は、宦官日誌を苑遊に渡した。

受け取った苑遊は封泥を切り、それが本物かを確認し、火にくべた。

宦官日誌は今度こそ、燃え尽きて灰になった。これでもう、曹鉄が王子ではないという証拠はなくなったわけだ。

その朝、叱責を覚悟で藍晶王子に報告した。

王子は瞠目し、しばし言葉を失っていた。だがやがて、

――天青、そなたのせいではない。

と、静かに告げた。苦渋の選択だったと、理解してくださったのだ。天青はひたすら頭を下げ、未来の王に謝罪するしかなかった。

これでふりだしに戻ってしまった。

……いや、鶏冠の記憶が戻らなかったら、事態はもっと悪くなるのだ。ここまできたら絶対に失敗するわけにはいかない。

「お支度はおすみでしょうか」

房の外から、赤鳥の声がする。

この大事な日に、藍晶王子が腹心の護衛を貸してくれたのだ。鶏冠の記憶を取り戻す儀式は、大神官専用の神殿にて、極秘で行われることになっている。

「うん。もう行けるよ」

「失礼します。……これをおつけください」

中に入ってきた赤鳥が差し出したのは、数珠玉を繋げた腕輪だった。玉はすべて透明な水晶で、しかもかなり大粒である。貴重なものだというのはすぐにわかった。

「これ……？」

「櫻嵐様よりお預かりしたものです。……母上様の唯一の形見だと仰っていました。きっと天青様を守ってくださることでしょう」

そんな大切なものを……天青は目が潤みそうになるのをぐっと堪えて「わかった」と水晶を腕につけた。ひんやりした玉が皮膚に触れる。

赤鳥とともに、房を出る。

空は暗い。まだ夜明けまでかなり間がある。月には薄い雲がかかって、ぼんやりと浮かんでいた。さりさりと、石畳に沓裏が擦れる音がする。

——鶏冠の記憶を取り戻すには、太陽の力が必要だ。

昨日『青き石』が現れ、そう教えてくれた。

——太陽の力が最も強いのは、明け方だ。昇り来る光の力を借りれば、深く沈んだ鶏冠の記憶が取り戻せるかもしれぬ。だが、日の出の力は長く続くわけではない。使い時を違えるでないぞ。水底にある記憶を根気強く引っ張り上げながら、水面に出る最後の瞬間を、日の出に合わせるのだ。

——そうすれば、鶏冠の記憶は戻るんだね？

——保証はできぬ。おまえが鶏冠の中に入れば、鶏冠もまたおまえの内部を見ることになる。本来混ざろうはずのないものが、混ざりあうのだ。なにが起きるかわからぬぞ。最悪、おまえの意識が二度と戻らなくなることもあり得る。

心して挑めと、『青き石』は語った。

全身全霊を捧げる覚悟はできていた。だがそれで足りるのだろうか。たかが自分程度の……慧眼児とはいえ、自らを制御できぬ程度の自分で、事足りるのだろうか。

神殿前に到着し、深く呼吸した。

闇に吹く風が、天青の纏った白い衣の裾を揺らす。

すでに待機していた大神官に礼を捧げて膝を折る。大神官は無言のまま、天青の頭上に清めた水を少しだけ振りかけた。神殿に入る前、邪気を払う儀式だ。

天青が立ち上がった時、ザッと風が吹いた。

薄雲が動き、月がじりじりと顔を出す。

月下のもと、黒い固まりが動いた。いや、それは歩いているのだ。黒光りする絹を揺らし、亜麻色の髪をなびかせ……苑遊がこちらに向かっている。

榛色の瞳が、月あかりを受けて不気味に輝く。

唇の両端は引き上がり、嗤っていた。

苑遊は全身黒ずくめだった。神殿に上がる神官は、白い装束を纏うのが決まりだが、それを完全に無視していた。

この禍々しさは……なんなのか。

天青は身体が竦んで、声すら出ない。これが考苑遊の本来の姿なのか。だとしたら、今までずいぶん巧みに隠していたものだ。

大神官も眉を寄せ、近づく苑遊を見据えている。

「浄めの水は不要にございます」

挨拶もせずに、いきなり苑遊は言った。

「その程度で落ちる穢れではございませんので」

ククッと喉を鳴らし、大神官を見る。不敬かつ、不敵な表情だった。

「鶏冠は何処に？」

「……神殿の中じゃ。眠りの深くなる薬湯を与えておいた」

「さすがに手際がよろしゅうございますね。ならば我々も中に入るとしよう、天青」

神聖な儀式に臨むとは思えない口調だったが、天青は黙って頷いた。大神官に一礼してから、先に神殿内部へと向かう。苑遊はバサリと袖を翻し、天青の後に歩いた。

神殿の中には、いくつもの小さな光があった。

点された蠟燭が円を作り、その中央に鶏冠が仰臥している。白装束で、髪は結っていない。神殿の床に、真っ直ぐな黒髪が散るように広がっていた。蠟燭の炎たちは、邪悪なものから鶏冠を守るかのように揺れる。

「ふん」

天青の隣に立った苑遊が鼻で嗤う。天青を追い越し、蠟燭の前に立つと、炎の上に手を翳してなにか唱えた。

途端に、ふっ、と炎が消える。

さらに両側の二本も、苑遊が手を翳しただけで光を失う。聖なる灯りが作っていた結界の一部が破れ、苑遊は燭台の間を抜けて内部へと踏み入った。天青も慌てて後を追う。

なんだか、気圧されている。

今夜の苑遊は、あきらかに今までと違う。

なにが違うのだろうと考え、天青はすぐ答えに至った。

仮面が外れているのだ。

生々しい感情を……黒々とした負の気を、隠していない。黒い衣装は、そのまま苑遊の気の色だった。

「なにをぼんやりしている。夜明けはそう遠くない」

苑遊に言われ、天青は「わかってる」と上擦って答えた。朝日の力を借りる必要があることは、すでに伝えてある。

苑遊は、横たわる鶏冠の右側に座した。

天青は左に座り、ふたりで鶏冠を挟む形となる。苑遊が横を向き、スイと手を翳して消えた蠟燭のひとつを、再び点した。眠る鶏冠の白い顔がよく見えるようになる。

「……本当に、いいのか？」

苑遊が、天青ではなく鶏冠の顔を見つめながら聞いた。

「え？」

「人の心に入り、失われた記憶を取り戻す……言うのは簡単だが、大きな危険が伴う。

いかに慧眼の力があろうと、下手をすれば命取り、あるいは廃人になるかもしれぬ」

「知ってる。『青き石』も言ってた。……今更なに？　あんたこそ、怖くなったの？」

憎まれ口で答えると、苑遊は吐息だけで笑い「怖いとも」と答えた。

「誰の心に入るより、鶏冠の心に入るのは恐ろしいが……しかたあるまい。おまえはたしかに宦官日誌を持ってきたのだしな」

さあ、と苑遊は両腕を広げる。

黒い衣に包まれた身体が、ぼんやりとした光を纏い始める。

「鶏冠の胸をよく見ていろ。自らの気を集中させれば、光る一点が見えよう。そこから入るのだ。一度に行くと鶏冠の負担が大きい。私から参るゆえ、おまえは鶏冠の呼吸が安定してから来るがよい」

喋るあいだにも、苑遊の光はどんどん強くなっていく。

かつて、天青は苑遊の気を見ることができなかった。だが今は自らの意志で放つ光の色調がはっきりと見て取れた。さっきはただ黒いばかりと思っていたのに——天青は苑遊の全身から溢れる光と色に、言葉もなく見とれていた。

（なんだ……これ……）

織りなす、紋様。苑遊の気は、あまりにも複雑で、精緻で、混沌の中に整然があり、整然の中に混沌を含んでいた。

渦のように、雲のように、花のように……紋様は拡散していく。

たしかに暗い色は多い。濁った色もいくらでもある。憎しみ、悲しみ、絶望……そんな色がいくらだってあるのに、その上を輝く銀白色が覆い、全体は光り輝くのだ。

（あ、蛇……）

紋様から大蛇が生まれる。

恐ろしく冷たい目をした白銀色の蛇は、どこか神々しさすら感じた。色とりどりの光を纏わせながら、大蛇が鎌首を擡げた。天井近くまでぐうんと身体を伸ばしたかと思うと……一気に下降する。

大蛇の頭が鶏冠の胸にめり込んだ。

鶏冠が一瞬、目を見開いて身体をたわませる。苦しげな声がしたようにも思えたが、はっきりとは聞き取れない。やがて目は閉じられ、身体は再び脱力した。

光っている。

内側からぼんやりと、光が透けている……苑遊が中に入ったということなのだろう。

胸が大きく上下して、呼吸が速いのがわかる。他者が自分の中に侵入するのだから、鶏冠にも負荷がかかるのだ。

苑遊の実体は、座った状態のまま、床に頽れていた。意識を失っている。

ふいに、天青は気がついた。

今ならば、この男を殺せることに。

そうだ。殺せばいい。

苑遊さえいなくなれば、すべて解決するではないか。

残された虞恩賢母は、もはやほとんど影響力を持っていない。鶏冠が身分のことで脅されることもなくなる。

藍晶王子は王になれる。すべて丸く収まる。

ぐったりした身体。亜麻色の髪。閉じられた瞳の睫毛もまた色が薄い。

この男が今、死にさえすれば……。

ぞわりと鳥肌が立つ。そんなことを考えた自分に、だ。

どれほどの悪党であろうと、人を殺すなど、他者の命を奪うなど、そんな権利が自分にあるというのか？　しかも、苑遊の『気』は……いわば精神は、鶏冠の内部にあるのだ。戻る身体がなくなったら、ずっと鶏冠の中から出られなくなるかもしれない。そんなのはごめんだ。鶏冠の中にずっと苑遊が棲んでいるなんて、冗談じゃない。

鶏冠と苑遊の関係を、羨ましく思っていた時期があった。

頑固者でお堅くて、誰に対しても一定の距離を置いていた鶏冠が、唯一気を許していたのが苑遊だったからだ。神官として他人に身体を触れさせることのない鶏冠なのに、苑遊はその髪に触れ、梳いていた。その場面を見た時には、多少驚いた程度の天青だったが……のちに考えるにつけ、やはり苑遊は特別なのだと思い知った。

鶏冠は、苑遊にだけほんの少し甘えていた。

天青のことは命がけで守ってくれたし、厳しく、だが一際大切にしてくれた。

それでも甘えてはくれなかった。当然だ。天青は鶏冠よりずっと年下の子供で、指導すべき者だったのだから。

頭ではそうわかっているのに、やっぱり悔しかった。

早く一人前の慧眼児になり、王様や王子の力になり、鶏冠に認められたい。鶏冠を守れるくらい強くなりたい。次第に、強くそう願うようになっていた。けれどどうやら道程は長い。苑遊を殺せたらなどと、一瞬でも考えるなど、情けないことだ。

天青は鶏冠に躙り寄る。

整った顔立ちの、頰の内側あたりからも淡い光が生まれている。神秘的で、清廉で、とてもきれいだ。呼吸は少しずつ落ち着いてきている。

天青は、櫻嵐から預かった水晶を袂から取り出す。

それを、自分ではなく鶏冠の腕に嵌めた。この身よりも、鶏冠を守ってください……そう念じて、両手を合わせる。

――引きずられるでないぞ。

『青き石』の言葉を思い出す。

――どんな善良な人間であろうと、心の奥底に闇を抱える。それに引きずられれば、おまえの心が壊れかねない。鶏冠の抱える闇に同調せず、光の方角を目指すのだ。

いつになく、くどいほどにそう繰り返していた。それだけ他者の心に入るというのは危うい行為らしい。

（オレも行かなきゃ……。待っててくれよな、鶏冠）

静かに目を閉じた。

額あたりに渦巻く意識を、少しずつ下げながら集中していく。小さな熱の固まりが、眉間へ、鼻筋へ、顎へとだんだんと降りていき、鳩尾《みぞおち》あたりでカッと熱くなった。

全身の毛穴がぶわりと開くような気がする。

天青は目を開けた。輝く光の中にいるのがわかる。自分の身体から放たれている青い光が、神殿の中を縦横無尽に駆け巡る。天青はこの気ままな光を集結させなければならない。ちょうど苑遊が、一匹の大蛇を生み出したように。

さあ、どうしようか。

天青は再び目を閉じて思案した。何になって、鶏冠の心を訪れようか。どう姿を変えて、深くに沈んだ記憶を取り戻しに行こうか……。

ああ、そうだ。それがいい。

天青は心に、一匹の魚を思い浮かべた。

青い鱗を輝かせる、小さな魚。

背びれと尾びれを力強く動かし、どこまでも深く潜っていける。

青い光がきらきらと集まる。

輝きが鱗の一枚一枚になり、美しい魚の流線型を作り出した。神殿に生まれた青い魚は、見えない水流に乗るようにして――深く眠る鶏冠の胸へと吸い込まれていった。

5

鶏冠は、緑濃い草むらに座っていた。

さらさらと水の音がする。近くに川が流れているのだろう。

寒くはない。暑くもない。頭上には抜けるような青い空が広がって、綿毛のような雲がごくゆっくりとたなびいていた。

草地に、軽く手のひらが触れている。

指のあいだから、可憐な花が顔を出している。鶏冠は微笑んで、その白い花びらをそっと撫でた。花はくすぐったげに揺れ、かすかな笑い声まで聞こえた気がする。

ここはいい場所だ。

穏やかで、平和な場所だ。

左手首に僅かな違和感があった。見てみると、水晶の連なった腕輪が嵌められている。鶏冠のものではない、見たこともない。少し気になったけれど、きれいなのでそのままにしておくことにした。

――兄ちゃん。

幼い声がする。葉寧だ。弟が呼んでいる。

鶏冠は立ち上がり、弟の姿を探した。大きな楡の木の後ろから小さく笑う声が聞こえてくる。隠れているけど、見つけてほしい。そんな弟の気持ちが手に取るようにわかり、鶏冠も笑いながら楡に近づいた。

──葉寧、そこだろう？

──うふふ……兄ちゃん……。

──ほら、つかまえに行くぞ、逃げなくていいのか？

ザザッ、とひとりの子供が幹の後ろから飛び出した。笑いながら駆けていく葉寧は、ほんの五、六歳に見えた。そういえば、鶏冠の身体もずいぶん軽い。改めて自分の手のひらを見れば、まだ子供の大きさだ。ささくれ、汚れた、あの頃の手のひらだ。

子供に戻って、葉寧と遊んでいる。

鶏冠は嬉しくなって、笑いながら葉寧を追いかけた。裸足で草地を走るのは心地よい。ほどなく葉寧に追いついて、後ろから抱きかかえてやった。きゃあっ、と葉寧が可愛い声ではしゃいでいる。

──つかまえた！　ほうら、兄ちゃんの勝ちだぞ！

──兄ちゃん、兄ちゃん……あははは……。

葉寧のつむじに鼻先をくっつけると、子供の汗ばんだ匂いがした。

鶏冠にとっては、懐かしく愛おしい匂いだ。小さな弟が腕の中ではしゃぎ、暴れる。

葉寧も裸足だ。草の葉がついた足の裏で膝を蹴られ、鶏冠は「おっと」と体勢を崩した。たいして痛くはない。

だが、次の瞬間。

――えっ……？

ずしっ、といきなり身体が重くなる。

背中に衝撃を感じた。青い空が見えて、次には誰かが覆い被さっていた。

草の上に、引き倒されたのだ。

……いや。草ではない。背骨にごつごつ当たるのは、硬いなにかだ。岩だろうか？

――なぜ俺を捨てた。

低い声。

鶏冠を押さえつけるのは、青年の姿になった葉寧だ。強い力と重い身体に馬乗りになられ、鶏冠は逃げることができない。

――す、捨ててない……。ちゃんと迎えにいくつもりで……。

――嘘だ。あんたは俺を見捨てた。見殺しにした。

――葉寧、聞いてくれ。本当に私は……。

――待ってたのに……ずっと待ってたのに……。

声が上擦る。両目からぼろぼろと涙が零れ、鶏冠の顔を濡らす。

青年の姿のままで、幼子のように葉寧は泣いていた。

ああ、どうしよう。

こんなに悲しませてしまった。なんとか泣き止んではくれまいか……。鶏冠はそう思い、かろうじて自由になる右手で葉寧の頰に触れる。目に入った自分の手は骨張っていた。いつのまにか、鶏冠も葉寧と同じように成長した姿になっている。

ぬる、と指が滑った。

ぽつ、ぽつ、ぽつ……ぼたぼた。

降ってくる涙が赤い。

漂う異臭に鶏冠は眉を寄せた。死んだ獣が放置されたような……腐臭。ぼたぼたと自分に降りかかる血もまた、生臭い。

ずるり、と葉寧の左目からなにかが落ちた。

——ひっ……。

鶏冠は声を上擦らせる。目玉だ。腐った目玉が落ちてきて、鶏冠の頰でべちょりと潰れた。ねばついた膿と血が、耳のほうへと流れていく。鶏冠の身体は強ばり、動けない。

左の目を失ったまま、葉寧は嗤っている。

——ずっと、待っていたのに……。

葉寧の手が、鶏冠の喉にまつわりつく。

——死ねばいい……。

半分崩れた顔が、呪詛を吐く。

――あんたなんか死ねばいい……。

――は、離し……離してくれ、葉寧……っ。

――そうしたら憎まずにすむ。憎まずにすむんだよ、兄ちゃん。

ぐい、と葉寧の指に力が入る。

このままでは絞め殺される……そう思った時、鶏冠は自分がなにかを握っているのを感じた。硬い、棒状の……剣の柄にも似たものだ。視認はできない。鶏冠の目は葉寧から離れない。

自分の中から声がしていた。

しょうがないじゃないか。

だって、あれは、あの時はしょうがなかったじゃないか。手習所をやってるって。だから賢い子がいいって。鶏冠くらいの歳がいいって。そう言われたから。葉寧だって、言ったくせに。兄ちゃんが先に行きなよって。笑って言ってたくせに。

ああ、知ってたよ。

まだ弟は小さい、置いて行ったら可哀想だ、ああは言ってるけど強がってるだけ、ひとりになったらきっと泣くって知ってたよ。でも、しょうがないじゃないか。ちゃんと迎えにいくつもりだった。そう思って必死に勉強した。少しでも早く、一人前に。弟を迎えに行けるように。忘れたことなんか……。

――ほんとかよ。

腐った男が嗤って聞く。

——ほんとに？　一瞬も？　うまいものを食ってても？　温かい布団で寝ていても？　書物に読みふけっている時も？　嘘だろ。嘘だね。忘れてたこと、あったろ？　思い出しもしたけれど、その度湧いたのは罪悪感だろ？　そこから自由になりたかったよなあ？　だから、やっと探しに行って、俺が死んだと聞いた時、あんたは……。

もう、聞きたくない。

鶏冠は手にしていたもので、葉寧に突き刺した。

やはり剣だった。やたらと軽くて、けれど切れ味の鋭い剣。

その証拠に、葉寧の身体は縦に真っ二つになる。鶏冠は突き刺しただけなのに、真っ二つだ。果物でも切ったかのように……きれいに割れて、それぞれ左右に倒れた。

——にい……ちゃ……。

聞こえたのは幼い声。

血みどろの身体も、幼い葉寧に戻っていた。

鶏冠は声にならないさけびをあげ、ふたつに分かれた身体を引き寄せる。ぱっくり割れた面を合わせて、元に戻そうとする。切り口を合わせた身体を必死に抱きしめて、接着しようとする。

けれど、だめだった。

葉寧の身体はもうすっかり冷たくなっていた。

ああ、殺してしまった。

やっぱりそうだった。この手がしたことだ。鶏冠が殺したのだ。二度も殺したのだ。

死んだも同然の境遇に突き落とし、そしてまた今、殺した。

ごめんよ、葉寧。

でも大丈夫、すぐに行くから。兄ちゃん、すぐに行ってあげるから、さみしくないから。だから大丈夫……。

鶏冠は手にした剣を再び握った。

今度は両手で持つ。刃先は自らの腹部に向け、しっかりと柄を握る。よく切れる剣だから、ひと突きで終わるだろう。たいして苦しくないだろう。

これでやっと終わる。

鶏冠は葉寧を殺した。だから鶏冠も死ぬのだ。それでなにもかも解決する。思い悩んで苦しむことはない。この刃でひと思いに腹を裂くのだ。

ああ、よかった。終わる。そう思うと、安堵した。

息を吸い、止める。あとは手に力を入れればいい。

(無駄なことだ)

静かな、諭すような声が聞こえた。

(本当は気づいているのだろう、鶏冠。ここはおまえの夢の中だ。おまえは葉寧を殺してなどいない。殺したことにして、自分が死ぬ理由がほしいだけだ)

蛇だ。白銀色の、蛇。

剣にうねうねと絡みつき、首を擡げて鶏冠を見ている。不気味に光る双眸は榛色で……

……どこかで見たような気もした。

(夢の中で何度葉寧を殺そうと、生き返るのだぞ。そしておまえはまた、同じことを繰り返す。自分の罪から逃れるために、夢の中で葉寧を殺し、自分を殺す。何度でも)

夢……夢の中。

だがこの世界こそが、今の鶏冠にとって現実だ。ここしか認識できないのだから、夢といわれても困る。

(夢の中とはいえ、自分に剣を突き立てるたび……おまえの一部が死ぬ。心の一部が、本当に死ぬのだ)

べつにいい。死んでも構わない。

(心が死ぬと、記憶は取り戻せない)

記憶? なんの話だ?

この蛇はいったい、なにを言っているのだろうか。

するりと蛇が地に降りた。

とぐろを巻いたと思いきや、鶏冠が瞬きをひとつすると、もう人の姿になっていた。

ゆったりとした姿勢で座り、鶏冠を見つめているのは苑遊だ。困ったような微笑みを向け「やれやれ。ここまで来るだけで一苦労だ」と言う。

「……苑遊様……」

「その物騒なものを消しておくれ、鶏冠」

苑遊がふわりと剣に触れた。それだけで、跡形もなく消えてしまうのは、ここが本当に夢の世界だからなのだろうか。

いつのまにか、柔らかな草地に戻っていた。

再び川のせせらぎが聞こえ、穏やかな空気に包まれる。兄のように信頼している苑遊が来てくれたことにより、鶏冠の気分もだいぶ落ち着いてきた。

だが、どこかから聞こえてきた子供の悲鳴に、ぎくりと身を竦ませる。

「大丈夫だ」

苑遊が鶏冠の身体を引き寄せた。隣に座らせ、肩を抱いていてくれる。鶏冠は苑遊よりかなり身体が小さい。十三、四の少年になっているのだと気がつく。そのぶん、いつにもまして、苑遊が頼もしく思えた。

悲鳴は続いている。叫ぶように泣いているのだ。葉寧だろうか。胸に刺さる声に、どうしても鶏冠は震えてしまう。

「違う。葉寧ではない」

川の向こう岸を見つめて苑遊が言った。

「ほら……ぼんやり見えてきた。ふふ……とうもろこしのひげのような髪だな」

「……あの子は……？」

鶏冠にも見える。淡い黄色のような髪の、小さな男の子だ。もうひとり、やはり子供が倒れている。その身体に縋って、彼は泣きじゃくっている。

「あれは私だよ」

驚いて、苑遊の顔を見た。彫りの深い横顔に表情はない。少しだけ眼を細めて、川向こうにぼんやりと光る景色を見つめている。

「……なるほど……人の心を深く訪れると……自分もここまで無防備になるというわけか。これは怖いな……」

独り言のように呟く。子供はいつまでも泣いている。

「あの……助けてあげなくていいのですか」

「あれは過去の記憶ゆえ、助けられぬ」

「記憶……？」

「どうやらここは、私とおまえの記憶が混ざりあう場所らしい。……いや、もうひとりいるか。まだ辿り着いていないようだが」

もうひとり？

いったい誰のことだろうか。記憶が混ざりあうとは、どういうことなのか。

「倒れているのは、兄だ」

「苑遊様の兄上？」

「そう。ひとつ上の兄。可哀想に、惨めな死に方をした……殺された」

初めて聞く事実に、鶏冠は言葉を返せない。苑遊に兄がいたことも知らなかったし……そもそも、この先輩神官の過去など、なにも知らないのだ。興味がなかったわけではない。ただ、聞いてはいけないことのような気がしていたし、鶏冠自身も、自分の幼少時を語ることはできなかった。

「私は……ずっと遠い国で生まれた。海路でしかゆけぬ、遥か彼方だ。今まで母が異国人で私は麗虎国生まれと語ってきたが……それは作り話だ。外つ国の生まれでは、神官になれぬからな。本当はおまえには想像もつかないほどの遠くで、私は暮らしていた」

苑遊の言葉とともに、眼前に大海原が広がった。

なんという青。

そして光、波飛沫。

あまりに広大な……広すぎて、怖いほどに広い。四方に島影すらなく、ただひたすらに青い海に、荷を積んだ船が浮かんでいる。鶏冠はそれを自分の下に見ていた。俯瞰だと気づいた瞬間、強い海風に身体が揺れる。バサバサと音がして、自分が鳥になっているのがわかった。

すごい。空を飛びながら、海を見下ろしているのだ。

翼を大きく広げ、風に乗る。

「……あの船に私が乗っている。命からがら逃げ出して、荷の中に忍び込んだ。どこへ行く船なのかは知らなかった。逃げ出せるのなら、どこでも構わなかった」

誰から逃げていたのだろう。鶏冠の心に浮かんだ疑問は、すぐ苑遊に届いたらしい。

「支配者からだ」

そんな答えがあった。苑遊の姿はないのだけれど、声はちゃんと聞こえてくる。まるで鶏冠のすぐ横を流れる風になったかのように。

ふいに眼前の海が消えた。

今度は見知らぬ異国の街が見える。石を積みあげた立派な城、それを囲む城壁、街を行き交う人々は苑遊のように淡い色の髪が多い。

白い海鳥となった鶏冠は、街中にある大きな木の枝で羽を休める。ここからだと、人々の生活がよく見えた。子犬と一緒に走る子供。水瓶を頭に載せて歩く女。荷車に野菜を山と積んで、運んでいる男……。

そして、辻に立つ、真っ黒な布で身体を覆った者。

頭巾で顔を隠し、左手に杖、右手に長い数珠を持っている。いささか不気味な風体だが、あれは何者なのだろうか。

「術者だ。占い師のようなものだな」

見えぬ苑遊に、そう教えられる。

「この国では、占いが人々の生活に浸透していた。貴族や王族は必ずお抱えの占い師を持ち、とくに優れた占い師は栄華と出世が約束されていた。もっとも、予言が当たらなければ殺されることもままあったから、気楽な商売とはいえぬ」

鶏冠は再び羽ばたいた。いや、苑遊が羽ばたいたのだろうか。よくわからない。どちらだろうと、あまり関係ないようにも思える。

高い空から王城の中庭を見下ろす。きらびやかな衣装を纏った者たちがそぞろ歩く中、くるりと旋回して、裏庭へと降りた。降り立った途端、人の姿に戻っていた。少年ではなく、成人して神官服を纏っている。

横には苑遊が立っている。

やはり神官服だ。いつもの飄々とした佇まいで「ご覧」と石の塔を指さした。高い高い塔だ。麗虎国で王族を幽閉する塔があるが、それよりももっと高い。

「私はあの塔で暮らしていた。……いや、飼われていた」

「……飼われて……？」

「特別な力を持つ子供だったのでな」

苑遊がこちらを向き、そっと鶏冠の手を取った。そして、再び塔の上を見る。瞬く間にふたりは暗い塔の中に来ていた。この世界では空間移動が思いのままらしい。ここは鶏冠の夢……いや、苑遊の？　もうどちらなのかよくわからない。もしかしたら、ふたりの夢が混ざりあっているのだろうか。

「特別な力とは、どのようなものでしょうか」

「麗虎国でいう慧眼児のようなものだね。人の纏う気を感じ、相手の考えていることをある程度察知することができる。私たち兄弟は、この天恵を与えられて生まれたが……

それゆえ、生みの親には疎まれ、ある貴族に売られ、さらに王へと売られた」

鶏冠は驚いた。慧眼児と同じほどの類い希で貴重な存在だというのに、売り買いされるというのか。まるで隷民のように。

「両親は、私たちが怖かったのだよ。気まぐれに私たちを買った貴族も、しばらくすると同じように怖がった。自分の心を読まれることを」

塔の中は、とても寒かった。

粗末な空間だ。石床の上に、薄い敷物。硬そうな寝台。

とても手の届かぬ高い場所に、小さな窓がひとつだけあった。

寝台でふたりの子供がくっつきあって眠っている。微動だにせず、まるで死んだように……うす茶色の髪をした子供たちが眠っている。苑遊がかすかな声で「私と兄だよ」と零した。

キョッ、と鳥が鳴いた。

高い窓に止まり、また鳴く。身体の小さなほうの子供が身じろぎ、起きて、窓を……いや、鳥を眩しげに見上げた。

そして手を伸ばした。

あまりに細い、木切れのような腕を。

「……近くの森からきたのだろう。友達は、あの鳥だけだった」

苑遊は言った。

「私たちのような子供は『玉《ぎょく》』と呼ばれた。貴重な宝石に喩えられているのに、この塔に閉じこめられ、最低限の衣食しか与えられず、ひたすら仕事をさせられたのだ」

「仕事……」

「王は疑心暗鬼の塊のような男でな。臣下の心をいつも疑っていた。だから私と兄に、臣下たちの心を覗かせる。裏切りの心が育っていないかを」

「人の心とは、そう簡単に見えるものなのですか」

まさか、と苑遊が笑った。悲しみを湛えた微笑みに、鶏冠の心までもが軋む。

「ひとり見れば……そのあと丸一日は起き上がれなくなった。それくらい消耗する。まだ子供だったから、力の制御もうまくはいかない。とくに兄は私より身体が弱くて……塔に入れられ、ひと月で病になってしまった。なにも食べられなくなって……水すら飲めなくなって、結局死んだ。私の腕の中で……がりがりに痩せて、死んでいった……」

鶏冠は川向こうの光景を思い出す。

兄の亡骸を抱いて泣く子供。絶望の色を帯びた慟哭。

「兄が死んで少し経ち、今度は王が死んだ。ふふ……皮肉なものだ。王が唯一塔に連れてこなかった妃に殺されたのだ。私は妃のために働くことになった。しばらくおとなしい飼い犬を演じると、塔からは出された。隙を狙って逃げ……それこそ死にものぐるいで逃げて、港まで辿り着き、船に忍び込んだのだ。ところが嵐に遭って、難破してしまった。ほとんどの者が死に、私も死にかけながら……」

麗虎国に流れ着いたと言う。漁師に助けられ、命を取り留めたのだ。流れ着いた異国の子供は一帯で評判となり、ある良民の家の使用人となった。その縁者がたまたま虞恩賢母づきの女官をしており——言葉もわからぬはずなのに、やたらと勘がよく、さらに見目麗しい少年に目をつけたのだ。

「賢母様の後見を得て、私は麗虎国の言葉を完璧に覚え、さらには学問を修めた。そしてやはり賢母様の口利きで宮中に入ったという顛末だ」

さらさらと風が吹く。

いつのまにか、鶏冠たちは再び川縁に戻っていた。

草地に座り、向かい合っている。お互いの膝が触れ合うほどの、近い距離だ。

「私たちはとても似ている」

鶏冠の髪に触れ、苑遊が言った。

「どうしようもない孤独の中で、いつもなにかを諦めながら、それでも生きることをやめられない。そんなところがよく似ている。鶏冠……おまえを初めて見た時から、そう思っていた。おまえの素性などその頃は知らなかったけれど、すぐにわかった」

おまえは、私の碇だ。

私をこの世に……悲しみと絶望と虚しいばかりの惰性と、けれどほんのわずか、美しいものも確かに残っているこの世界に繋ぎ止める、舫《もや》い綱なのだ。

苑遊はそう囁き、赤い前髪を梳く。

「……地位も権力も、どうでもよい。賢母様に荷担したのは、恩返ししなければという義務感と……あとは、いくぶん暇すぎたのだ」

「荷担……？」

「ああ、今のおまえにはわからないのだったな……気にしないでよい。私とおまえはかくも似ているのだけれど……同時にまったく違ってもいる。私は人というものを見限った。けれどおまえはそうしない。どんなに裏切られ、蔑まれ、苦汁を飲まされても……人を許そうとする。驚くほどの強靭さでそうする」

「買いかぶりでございます。私はそのような徳高き人間ではありません」

いいや、と苑遊が優しく笑った。

「残念ながら、おまえはそういう人間なのだよ。だから苦難に巻き込まれる」

「私は弟を見捨てるような人間ですよ」

「見捨ててなどいないのに、本当は見捨てたのではないかと、自分を責め続けるような人間だ」

「でも……」

し、と苑遊が鶏冠の唇に、自分の人差し指を当てた。

「聞いておくれ。とにかく私は、賢母様に恩返しをしたあとは、静かに暮らすつもりでいたのだよ。おまえと一緒に、長閑な田舎の神官になるのもいいと考えていた。その頃にはおまえも宮中の書をあらかた読み尽くすだろうし……一緒に来てくれるだろうと、勝手に思い描いて……」

「はい、お供いたします」

鶏冠はすぐにそう答えた。

苑遊と田舎で暮らすのは楽しそうだ。ふたりで小さな畑を耕し、自分たちの食べる野菜を育てるのもいい。近隣に持っていけば、多少の米も分けてもらえるだろう。宮中のような生活はとうていできまいが、貧しさには慣れている。

「近くに住む子供たちに文字を教えるのもいいですね。私は気難しい爺になりそうですが、苑遊様にはみな懐くことでしょう」

そう答えると、苑遊はどこか痛みを堪えるような笑みを見せた。

「……私がおまえにしたことを知ったら、そう言ってはくれまい」

「苑遊様が私になにをしたと仰るのです?」

「おまえが大切にしている者たちに、ひどい仕打ちをした」

「信じられませんが……もし本当ならば、なぜそんなことを?」

鶏冠の問いに、苑遊はふわりと笑い「なぜだろうな」と軽く首を傾げた。

「半分は成り行きでもあり……もう半分は、たぶん悔しかったのだろう」

「悔しかった?」

「その者たちに、おまえを取られてしまったからな」

「……え?」

「彼らの為ならば、私と決裂することも辞さない、そんなおまえを見ていたくなかった。だから、強引に私の手元に引き寄せようとした。なりふりも手段も構わず……自分がこうも冷静さを欠くとは、呆れもしたが、止められなかった。この世にさして欲しいものはないが……」

けれど、おまえだけは手放したくなかったのだ。

苑遊は自嘲混じりにそう言った。

鶏冠には苑遊の言う意味がよくわからない。

決裂？　自分と苑遊が？

そんなことはあり得ない。誰よりも鶏冠を理解し、決して目立たぬように、けれどずっと鶏冠を守ってくれていた苑遊なのだ。いったいなにが起きたら仲違いするというのだろう。

「おまえが失った記憶に、すべての答えがある」

「記憶……」

「取り戻したいであろう？」

いいえ、と鶏冠は首を横に振る。

いらない。そんな記憶はいらない。

苑遊と決裂するような記憶なら、いらないのだ。

「……本当に、いらぬのか？　おまえが見いだした、あの慧眼児はどうする？」

「天青という書生ですか？　あの子が本当に慧眼児だというのならば、私ごときは必要ないでしょう」

「そうか……。思い出さぬまま、このまま夢の中に生きるのも……いいかもしれぬな」

「苑遊様もいてくださいますか」

「おまえが望むなら、ずっとそばにいよう」

与えられた返事に、鶏冠は微笑んだ。

苑遊も鶏冠を見つめ、穏やかな表情を見せている。

もういい。

もう疲れてしまった。

苦悩ばかりが多い現《うつつ》の世界に戻る気などしない。痛みばかりが身体を苛む世界はつらすぎる。ここでひとりきりではさみしいけれど、苑遊がいてくれるなら平気だ。

楽になりたい。なにも考えたくない。

ぬるい水の中でたゆたうようにしていたい。息苦しさも感じないまま、ゆっくり、ゆっくり……沈んでいくのだ。

ああ、また世界が変化した。青い水の中はとても美しい。

自分の髪がゆらめくのを見る。そのあいだを、小さな魚たちが泳いでいく。

唇から、小さな泡がポコポコと昇っていった。苦しくはない。水面はもうだいぶ遠かった。ここは海なのだろうか。流れがほとんどないので、湖かもしれない。

（鶏冠）

苑遊も一緒だった。

鶏冠のすぐ近くで、ふたりとも立った姿勢のまま静かに沈んでいく。苑遊の髪もゆらゆらと逆立ち、榛色の瞳の前を、小さな魚がスイッと通っていった。

（ずっとこうして漂っていれば……おまえを失うことはない）

苑遊の両手が水の中でゆらりと伸ばされる。白い指が、鶏冠の頬に触れた。ふわりと両頰を包まれ、髪に指が差し込まれた。ずっと昔、母親がこんなふうに触れてくれたような気がする。快くて、安心できて……鶏冠は目を閉じる。

そのあいだもふたりはずっと沈み続ける。水の中は少しずつ暗くなっていたが、ちっとも怖くはなかった。ひとりではないのだから。

――……め、だ……。

耳の奥に、かすかな声が訪れた。

――けい……だめ……し……ないで……。

よく聞き取れない。けれど知っている声のような気がして、鶏冠はゆっくり目を開いた。苑遊と視線が絡む。苑遊の手が少し動いて、鶏冠の両耳を覆った。なにも聞かなくていい、と言うように。

鶏冠は耳を塞がれたまま、再び目を閉じる。

――だめだ、ってば……、沈んじゃだめだ、鶏冠……っ。

声がいくらか明瞭になる。

同時に、水が大きく揺れて、身体の安定を崩した。鶏冠の耳から苑遊の手が外れ、ふたりは薄暗い水の中でゆらめく。

なにか、見えた。

きらきらと小さく光るもの……青い光の粒が水底から上ってくる。

──このまま沈んだら、二度と目醒めなくなる！　そんなことになったら、曹鉄や、藍晶王子や、櫻嵐や大神官様がどれだけ悲しむか……！

──おまえは……。

──鶏冠、思い出して。オレのこと、思い出して……！

小さな魚。

青い鱗を輝かせながら、必死に鶏冠の周りを旋回する。

──白虎峰から、オレを連れ出してくれただろ？　真っ白な虎の親子に会っただろ？　旅芸人の一座にまじって、あんたは女の格好までして、苦労しながら都に辿り着いて。

いったいなにを言っているのだろうか。だが、この声が天青という少年のものなのはわかった。慧眼児が青い魚に姿を変えて、鶏冠の夢の中にやってきたのだ。

──王宮でも、命がけでオレを守ってくれた。オレのために、無茶な雨乞いの儀式までする羽目になった。オレの偽物が現れた時も、あんただけはオレを信じ続けてくれたじゃないか……！

頭の奥で、なにかが光っている。

それがパシッと小さく弾けて……痛い。

たまらずに苑遊から手を離し、自分のこめかみを覆うように身体を丸くした。

白虎峰、白き虎の親子……雨呼びの儀式……なにかがひっかかる。爪の根元で血を滲ませているささくれのように、チリチリと気になる。

――鶏冠、無理をしなくてよい。

苑遊が言う。

――なに言ってんだ！　鶏冠の記憶を取り戻す約束はどうなったんだよ！

天青が……ちっぽけな魚が、苑遊の顔の前で憤る。

――あんただって、このままじゃ鶏冠と同じだぞ！　二度と戻れなくなる！

――構わない。私が本当に欲しいものは、ここにあるのだからな。

――約束が違う！

――知っているだろう？　私は嘘つきなのだよ。

苑遊が嗤った。青い魚がその目を突こうとする。すると苑遊はくるりと身体を一回転させたかと思うと……次には巨大な白い鮫に姿を変えていた。

――邪魔をするな、天青。

鮫はがばりと口を開けた。

ぎざぎざと行列した恐ろしい歯を剝き、魚を食らおうとする。

魚はひらりと身をかわしたが、激しく乱れた水の流れに翻弄された。

——鶏冠は、オレと帰るんだ！

——現実《あちら》の世界にいたところで、鶏冠には苦難が待つばかりだ。

——そんなことない！　もし……もしそうだとしても、鶏冠はそこから逃げるような人じゃない！　どんなにつらい立場になっても、諦めたりしない！

青い魚が必死に叫ぶ。

残念ながらそれは誤解だ。諦めない？　そんなわけがない。

人生が与える試練の前に、何度も立ち尽くし、膝を折りそうになった。

時に神を恨み、かといって信仰を捨てきることもできず、神官などになった。

この身は、脆弱だ。幼い弟ひとり、守れなかったのだ。

——でも、オレを、守ってくれたんだ。

涙声が聞こえてきた。

どう、と水がうねる。鮫の攻撃を避けながら、か弱い小魚が鶏冠に近づこうとする。

剝がれかけた鱗があえかな光を放つ。

——鶏冠。オレはあんたがいなかったら、自分のことをなにも知らないままだったよ。世界は閉じたままで、山奥の寒村でただ食って、眠って、いつか死んで……あんたがオレを連れ出したんじゃないか。あんたがいたから、オレは気づけたんじゃないか。オレでも、役に立つことがあるんだって！　この世界に生きる意味があるって！

唐突に、脳裏にいくつかの光景が浮かぶ。

青い光を放つ少年。

ひれ伏す貴族たち。

海に向かって走る天青。その後ろ姿を見守っているのは、自分と……曹鉄？

オレはなにをしたら信用してもらえんの？　オレはいつになったら分けてもらえんの？

鶏冠の抱えてるでっかい荷物を……オレは……。

そう聞いたのは……あれは……。

——鶏冠をこれ以上苦しめる気か、天青。

——苦しめてるのはどっちだよ！

——うるさい小魚め……ひと呑みにしてくれる。

再び、白鮫が魚を狙う。

鶏冠ですら呑み込めそうな口を開けて、突進してきた。泳ぎ疲れたのか、小魚は動きが緩慢だ。このままでは、食われてしまう。

「天青！」

鶏冠は叫んだ。

考えるより先に、声が迸《ほとばし》った。頭ではなく、心が叫ばせたのだ。

それは、胸をかきむしられるような衝動だった。決して失ってはならないものが、眼前で危機にさらされている……本能でそう感じ取った。

一度は口の中に吸い込まれた魚は、鋸《のこぎり》のような上下の歯が合わさる寸前、口から飛び出す。鶏冠はもう一度天青の名を呼びながら、両腕を広げた。

守らねば。

これは自分が守らねばならないものだ。

魚はもはやぼろぼろの鰭を懸命に動かし、鶏冠の袖口に飛び込んできた。左側だ。

ちりっ、とかすかな痺れが走った。

次の瞬間、鶏冠の袖口からいくつもの水晶玉が飛び出していく。腕輪の紐が切れたのだろうか。激しい水流にのってきらきらと水晶が走り……その中に青い魚もいた。

鶏冠は目を見張った。こんなことが……あるのだろうか。

そう、夢か。これは夢だからか。だとしても、なんと美しく、あまりに荘厳な瀑布。

水の中の、滝。

水晶玉たちが周囲の水を引き寄せ、怒濤の音を立てる、巨大な滝になっていた。鮫ですらその勢いには逆らえず、手前でぐるぐる旋回するだけだ。

なにかが滝を上っていた。

激しく落ちる水に逆らい、身をくねらせて、青く光りながら力強く上ってくる。大きい。鮫に負けないほど……いや、鮫よりも、もっと？

壮絶な水しぶきとともに——それは滝を上りきって姿を現した。長い身体。鋭い鉤爪。爛々と輝く瞳に、眩しいほどの青い鱗。

龍だ。

青き龍だ。

なんと立派な……猛々しくも神々しい青龍……。

――戻ろう、鶏冠。

龍が言う。

――みんなが待ってる。仲間のところへ戻ろう。

仲間……その言葉は、鶏冠の脳裏にいくつもの顔を浮きあがらせた。

藍晶王子と赤鳥。胆礬大神官。

あれは櫻嵐姫と紀希《きき》だ。乱麻《らんま》と風麻《ふうま》もいる。

旅芸人の一座たちと……可愛い教え子の、神官書生たち。

それから、曹鉄。

初めて『友』と呼びたくなった男。

――急がないと、夜明けが来る。帰ろう。現の世界がどれほどつらいとしても……オレも、みんなも最後まで鶏冠の味方だから。約束するから。

龍が……天青がそう語りかけてくる。

こんなにも堂々と、立派なのに、どこかまだ不安さを隠し切れてはいない若い龍よ。

慧眼児よ。

ああ、そうだ。そうだった。

なぜ今まで忘れていられたのか。

泣き虫で、食い意地がはっていて、生意気ばかり言っていた小さな天青。やんちゃで、いつも鶏冠を怒らせ、ほかの書生とケンカばかりして、なのにいつのまにか友をたくさん作って……。出会ってまだ二年経たない。なのに、こんなに成長してくれた。

輝く青い龍にもなれる、慧眼児。

鮫が龍に食らいつこうとする。だが、簡単に尾で強く叩かれてしまった。白い鮫は苑遊の姿に戻り、ぐったりと沈み出す。鶏冠は慌ててその身体を両腕で受け止めた。水の中だからちっとも重くない。

この人のしたことも、思い出した。

けれど置いてはいけない。そんなことはできない。龍も見ていたが、咎めることはなかった。

「帰ろう、天青」

青龍を見上げ、鶏冠は言った。

「みなのところへ帰ろう……心配をかけてすまなかったな」

青龍は嬉しげに身をくねらせた。

長い身体をぐうんとのばし、次にはらせんを描くように回り始める。水が大きなうねりを作り、龍の頭部が鶏冠のもとまで下げられた。

苑遊を抱いたまま、青龍の背に乗る。

ほの暗い水中の遥か上、明るい水面が切り取った円のように見えた。
どうやら、水の上では朝日が煌めいているらしい。
龍は輝きながら上昇する。
次第に眩しくなる光は、瞼を閉じても痛いほどだった。

6

鶏冠が記憶を取り戻したという報告が入ったのは午《ひる》すぎだった。藍晶王子は「まことか！」と勢いづき、目の前に傅く赤烏に尋ねる。

「はい。ついさきほど、目を覚まされました。少しお話しいたしましたが、もうすっかり、以前の鶏冠様にございます」

「よかった……。して、天青は無事なのか」

赤烏は「ご無事です」と答える。

「ですが、かなり憔悴しておられます。一度意識を取り戻したあと、再び眠り込まれ……大神官様いわく、しばらく起き上がるのは無理であろうと」

「苑遊のほうはどうだ」

「一度も目覚めないまま、やはり眠り込んでいると」

さようか、と藍晶は頷いた。人の内面深くに潜り、記憶を蘇らせるためには、常人の想像を絶する労力が必要なのだろう。

「急ぎ、滋養のつく薬湯を届けさせよ。天青には、明後日に大神官選定が控えている。

無理をさせたくはないが……これ以上引き延ばすことは難しい」

「すぐに薬房に命じまする」

赤烏は頭を低くし、房を出ていった。

それと入れ違うようにドタバタと賑やかな足音がする。身分の高貴な者にとって、走るというのは見苦しい振る舞いだ。従ってこの王宮では、武官以外の者が走る姿は滅多に見ない。女官ですら、所用のために急がなければならない時は、できるだけ足音を立てない早歩きだ。しかし、そんな規律もこの人にかかればまったく無意味である。女官たちが「いけません、まだお目通りのお許しが……」と慌てているのが聞き取れた。

「姉上。いかがされました」

房に飛び込んできたのは予想通りの櫻嵐だ。いつになく差し迫った顔で「王子、聞きましたか」と早口に問う。

「鶏冠のことならば、たった今赤烏より報告を受けました。記憶が戻って本当によかったと……」

「その鶏冠が、王に謁見を求めに行きましたぞ」

「なんと？」

櫻嵐の言葉に、藍晶は眉を寄せた。

肉親の王族をのぞき、王に直接謁見を求めるというのはただ事ではない。大臣たちですら、合議以外で王に謁見したければ、数日かかる手続きを踏まなければならないのだ。

「大神官も同行しているそうです。さあ、王子、我々も」

藍晶は頷き、すぐに立ち上がった。鶏冠が王に直接訴えたいことがあるとすれば……考えられるのはたったひとつだ。自分の本当の身分を打ち明け、大神官候補にはふさわしくないと申し出るつもりにほかならない。

姉弟は王殿へと急いだ。

高貴な者は走らない、などと言っている場合ではない。櫻嵐とともに、石畳を蹴る。おつきの宦官や女官たちが口々に「お待ちくださいませ」と必死に追ってくるが、待てるはずもなかった。若く健脚なふたりは、あっというまに供の者たちを置き去りにする。

王に知られたらおしまいだ。

橄欖王は情に厚く、人徳ある御方だ。もちろん父としても尊敬している。

しかし、政に関してはどちらかといえば保守的であり、大臣らの意見を尊重する傾向が強い。改革に関しても慎重である。

以前、藍晶は父王に身分制について尋ねたことがあった。まだ少年の頃だ。同じ人間なのに売り買いされる隷民という階級が、当時の藍晶にはどうしても納得できなかったのである。だが王は、藍晶を「優しい子だ」と褒めながらも「隷民もまた、麗虎国には必要な階級なのだ。どの身分に生まれるかは神の采配ゆえ、おまえが気に病むことはない」と述べて……その時、藍晶は少しだけ父に落胆したのだった。

藍晶が王となれば、鶏冠が隷民であるという事実そのものを永遠に封じ込める。

鶏冠という男は、それだけの価値があるのだ。しかし橄欖王はそうは思うまい。王が鶏冠の身分を知れば……厳しい処分がくだされるはずだ。

息を切らしながら、王殿に辿り着いた。

すでに王づきの宦官が待機しており「お待ちしておりました」と告げる。どうやら、藍晶たちがここに来ることは予想ずみだったらしい。

王が執務にあたる房に通される。

鶏冠と大神官が、王族を迎えるために一度立ち上がる。ふたりとも表情は硬い。王に礼を捧げ、藍晶と櫻嵐も座する。

王の顔色は悪く、困惑極まれり、という表情をしていた。

これはもう手遅れか。藍晶のそんな気持ちを察するように、大神官がこちらを向く。

「王はすでにご存じです」

ああ、間に合わなかった……。内心ひどく落胆しつつも、藍晶は顔に出さないように努力した。しかしやや下座からは、櫻嵐のチッという舌打ちが聞こえる。この姉姫は自分に素直すぎて、藍晶はそれが少し羨ましい。

「藍晶……そなたは知っておったのだな」

王に問われ、深く頭を下げる。

「王様に申し上げなかったこと、心よりお詫びいたします。……しかしながら、この藍晶にとって鶏冠という神官の存在は大きく……」

「わかっておる。余も驚いたが、そなたも懊悩したことだろう……報告がなかったことを責める気はないが、大臣たちの手前、そなたも知らなかったことにせよ。どんな突き上げをくらうかわからぬゆえ」

「ご配慮に感謝いたします」

藍晶が礼を述べると「それにしても」と王は溜息をついた。

「鶏冠が隷民だったとは……これぱかりはいかんともしがたい……。大神官候補どころか、神官という位にすら就けぬ身ゆえ……」

「王様。瑛鶏冠、謹んで処罰をお受けいたしまする」

ひれ伏して言った鶏冠に、大神官が「これ」とやや尖った声を出した。

「そなたがどうしても黙っていることはできぬと申すゆえ、こうして王様に打ち明けることには同意したが、問題はそう簡単ではない。そなたが長く身分を偽っていたとわかれば、今までそなたを庇護してきた者たちすべて……つまり養父母にも多大な迷惑がかかるのだ」

「それは……何とぞ、養父母にはご寛大な措置を……」

鶏冠がますます頭を下げて、懇願した。

「孤児を集めていた農場主は、私が隷民であることを明言しておりませんでした。それでもあるいは、最初の養父母は察していたかもしれませぬ。私を憐れに思い、なにも知らぬふりで、良民として育ててくれたのでしょう。だとしても、罪は私にございます。

まして瑛家の養父母は、なにひとつ知るはずもなく……」

「そなたの言いたいことはわかる。だが、周囲は納得すまい。よいか、鶏冠。そなたの身分に関することは、橄欖王のご決断に委ねる。それまでそなたも、自らの身分について語るでないぞ」

「承知いたしました……ですが、苑遊様にはすでに知られておりまする」

鶏冠の表情に憂いはなかった。むしろ、なにかを吹っ切ったような顔つきで、淡々と語る。

「苑遊様は私の身分を知り、その生き証人である弟の身柄を確保しております」

「そなた、弟がおったのか」

王に問われ、鶏冠は「はい」と答える。

「弟は私が隷民であることを証言するでしょう。そうされたくなければ、大神官になれ……苑遊様は私にそう迫ってきました。私を大神官にしたのち、その権力を利用して曹鉄王子を王に据えようという魂胆にございます」

「つまり母上が……そうせよと命じたのか……」

「いいえ。それはないと思いまする」

よく通る声で発言したのは櫻嵐だった。

「私は病床の賢母様に、御簾越しですがお会いいたしました。あの状態で具体的な策を講じるのはご無理でしょう。此度のことは……賢母様の悲願である『第一王子の即位』

という目的を、苑遊様が利用したように思えます」

「ふむ……では、苑遊の目的はなんだと申すのだ？」

父王の質問に、櫻嵐はやや困惑顔になり「そのへんは私にも曖昧ですが」と、ちらりと鶏冠を見た。

「……鶏冠ならば、なにかわかるかもしれませぬ」

その言葉につられるようにして、王と一同が鶏冠を見る。鶏冠は、いたって静かな目をしていた。やつれてはいるが、悲嘆に暮れている顔ではない。

「……苑遊様の過去を見ました」

なにかを思い出すように、鶏冠が語る。

「私の記憶を取り戻すため……天青と苑遊様が、私の心の内に入った時です。ちょうど……夢を見ているような感覚でございました。あるいは、夢や記憶が混ざりあった世界なのかもしれませぬ。そこで私はまだ幼かった苑遊様を見ました。異国の地で……ひどく虐げられる子供を……見ました」

苑遊もまた、天青と同じく特別な力を授かった子供だった——鶏冠はそう語った。

違っていたのは、周囲の環境だ。天青のように、慧眼児として恭しく扱われることはなく、逆にその特別な力ゆえに、権力者に都合よく利用されていたらしい。冷たい石塔に監禁され、隷民以下の扱いだったようだ。

「天青も慧眼の力を使ったあとは寝込むほどに疲弊いたします。無理に続けていれば、心身ともに病むどころか、死する場合もあるでしょう。それは苑遊様も同じことにございます。同じく特別な力を持っていた苑遊様の兄は、病で亡くなりました。ひとりになった苑遊様は機会を得て、命からがら逃げ出したのです」

そして船に忍び入り、麗虎国に流れ着いたというのだ。

「さらに虞恩賢母の後見を得て神官となってからは、みなさまご存じのとおりです。穏やかで学識に溢れた……素晴らしい師範神官でした。たとえそれが偽りの姿だったとしても、その教えは書生達の血肉になっております」

いつになく饒舌に、鶏冠は語り続ける。

「苑遊様が欲しているのは、権力でも財力でもないように思いまする。虞恩賢母への義理立てはある程度考えられます。しかし、あの方が本当に欲しいものは……」

鶏冠が言葉を止める。迷うように睫が震え、視線が伏せられた。

「……いえ。私にも……よくわかりませぬ」

結局、答えは口にしなかった。

藍晶には、鶏冠はすでにその答えを知っているかのようにも思える。それでも言わないのは、いまだ苑遊へ思慕なり情なりが残っているからだろうか。

「いずれにせよ、私の身分が隷民であることは間違いございません。どうぞ大神官候補から外し、処罰をお与えください」

「処罰については大神官とよく話して決めるが……大神官候補からは外すしかあるまい。

候補者の公布はすでにすんでいるが、修正公布を出すこととしよう。藍晶王子、それは理解できるな？」

はい、と藍晶は父王に向かって頷く。

「王様、何卒寛大なご処分をお願いいたします。鶏冠には、大きな恩義があるのです」

「うむ……鶏冠が今まで麗虎国に尽くしてきた事実は、考慮するつもりじゃ」

「私からも伏してお願い申し上げます」

櫻嵐が頭を床に擦りつけて懇願した。この気丈な姫が、ここまで頭を低くすることは滅多にない。

「いまひとつ、王様にお話しすべき重要なことが……曹鉄王子の件にございます」

大神官が切りだした。

「曹鉄がいかがした」

「時もございませぬゆえ、結論から申し上げます。残念ながら曹鉄王子は……いいえ、曹鉄は王子ではありませぬ」

王は「な」と短く発し、そのまま絶句する。

「第一王子を保護していた鍛冶屋の夫婦には、もうひとり赤ん坊がおりました。それが曹鉄にございます。第一王子は……残念ながら、赤子の時に病死されたと」

「そ……それはまことなのか……っ」

「当時を覚えている良民もおりました。もっともそれだけでは証拠にはなりますまい。

だからこそ、天青が脚折山に行ったのです。隠遁しているもと宦官、鵬与旬に会い、当時の宦官日誌を得るために……」

そこには、はっきりとした記述があったはずだったのだ。曹鉄が第一王子ではあり得ないと判明する、なにかが書かれていたはずなのだ。しかし……。

「天青が苦労の上に手にした宦官日誌ですが……それもすでにございません。苑遊の手に渡り、燃やされてしまったと聞いております」

「曹鉄が……王子ではない……」

王は愕然とし、身体を強ばらせている。

「……余には……俄に信じられぬ……」

「お気持ちはもっともでございますが、苑遊が宦官日誌に執着していた事実を考えますと、そこには曹鉄が王子ではないという証拠が書かれていたと判断するのが筋でございましょう」

「では、母上はこの私を騙して……」

「賢母様もまた、苑遊に騙されているやもしれませぬ」

「なんと……」

王は頭を抱え込んでしまった。

まだ若かりし頃、寵愛した最初の正妃の子が生きていたと知った時、喜びはどれほど大きかったことだろうか。そのせいで世継ぎ争いが生じ、王が大層心を痛めたことは、藍晶も知っている。やっと世継ぎが正式に決まり、これからは兄弟が手を取り合い麗虎国をますます栄えさせてくれる――王はそんな未来を夢見ていたはずだ。

いきなり突きつけられた現実がなかなか呑み込めないらしい。

「王様。苑遊は今後も、なんとかして曹鉄を玉座に据えようと画策してくるやもしれませぬ。それを頓挫させるためには、曹鉄が王子ではないことを公にするよりほかにございませぬ」

「そ、それは……」

「難しいご決断なのは、承知しております。それでもどうか、お心をお決めくだされ。このままでは宮中はますます混乱し、その乱れは民へと広がるのです」

大神官は厳粛な声で言った。麗虎国を支える柱として、必要あらば王に対して強く出るのもまた、大神官の職務のひとつだ。

「しかし……肝要な宦官日誌がなくては……信じられぬ」

「王様、ですが」

「余だけではない。臣下や貴族たち、そして民をも納得させるためには、確たる証拠が必要ではないのか。ことに虞恩賢母におもねる者たちは強く反発するであろう」

王の言い分にも理はある。

大臣たちを説得するためには状況証拠だけでは厳しいことは、近い未来王位につく藍晶にも容易に想像できた。大神官もそれはわかっているはずだ。白い眉を寄せつつ、

「それでもほかに方法はございませぬ」

と、なおも決断を迫る。たとえ鶏冠が大神官候補を退いたところで、根本的な解決にはならないのだ。曹鉄が王族とされている限り、苑遊はまた別の策で玉座を狙うだろう。そのたびに宮中はかき乱され、ろくに政などできなくなる。

うんざりである。

藍晶は重いため息をついた。

玉座が欲しいのではない。平穏な世が欲しい。権力が欲しいのではなく、飢え死ぬ者のいない世界が欲しいのだ。そのためならば粉骨砕身する覚悟はできているのに……状況が整わない。歯がゆいばかりである。

「王様、何とぞ」

「無理じゃ。今になって曹鉄は王子ではないなどと……余にはとても言えぬ」

決心を促す大神官に、王は青ざめて拒絶を繰り返す。もともと剛胆な御方ではない。お優しい気性ゆえに、時にこんなふうに腰が引ける。藍晶のそばで櫻嵐が苛ついているのがわかったが、さすがに父王に向かって暴言は吐けず、膝の上の指を忙しなく動かすばかりだ。

話し合いは膠着状態に陥り、誰しもが口を重くしていた。

そこへ、腰を低くした宦官が現れた。

「王様、慧眼児が参っております」

「天青が？……通すがよい」

いまだ伏していたはずの天青がやってきたらしい。

藍晶は大神官と視線を交わした。大神官も不審げな顔をしているところを見ると、予定していた流れではないようだ。天青もまた、曹鉄を王子の地位から解放することを望んでいた。かといって、いくら慧眼児であろうと、大神官にすら頷かぬ王を説得できるとは思えない。

「……なんだ、あの爺さんは？」

ぼそりと呟いたのは櫻嵐である。

房に入ってきた天青の後ろに、もうひとり、年老いた男がいたのだ。さらにその後ろから、曹鉄も続いて入ってくる。曹鉄の顔を見て、王が憂いの吐息を零した。

「いかがいたした、慧眼児よ」

礼を捧げ終わった天青に王が尋ねる。天青の顔には明らかな疲労が滲み出ていたが、目の輝きはしっかりと力強かった。

「王様。この御方に見覚えはございませんか」

乱れた髪に、粗末な身なりの老人を示して問う。かなり高齢であろうが、動きは矍鑠としており、背筋も伸びていた。まるで山奥で霞を食べて暮らす仙人のようだ。

「はて。思い出せぬが……」

「脚折山からのお越しです。オレがお願いしたんです。苑遊様が伏せっているあいだは、ご家族に累が及ぶこともないはず。この方がいてくれれば、宦官日誌より確かな証拠となると思って……。一度は断られ、オレは先に脚折山を降りましたが……こうして来てくださいました」

「そ、それでは……そなた……！」

　王も驚いていたが、藍晶も同じだった。大神官も櫻嵐も、身を乗り出すようにして
「鵬与旬殿か！」とほぼ同時に口にする。

　宦官日誌の持ち主……いや、その日誌を書いた当人である。

「王様。お久しゅうございます」

「与旬……そなたであったか……！」

「はい。慧眼児に会い、話を聞き……事の顚末を、この目で見届けたくなりました。といいえ、私はかつて、まだ赤子の王子様をお連れし、王宮から逃げた罪人にございます……。いかなる罰をも受ける所存にございますが、その前にこの老いぼれの話をお聞きくださいませぬか」

「無論じゃ。与旬よ、どうか余に真実を教えてくれ」

　思ってもいない展開である。

　興奮気味の櫻嵐が、藍晶の袖をぎゅっと握ってきた。無理もない。藍晶の心臓も跳ねている。鵬与旬は生き証人なのだ。この男がかつて宦官だったことは、宮中の古参であればみな覚えているだろう。ぼうぼうの髪を整え、かつての衣を纏えばよいだけだ。

鵬与旬は、すべて見ていたはずである。知っているはずである。

幼き王子がどうなったかを――そして、曹鉄が王子ではない証拠を。

床に擦りつけていた頭を上げ、鵬与旬は「仰せのとおり、真実を申し上げます」と答えた。それから、身体をやや斜に構え、皺に埋もれそうな目は伏せたままで、曹鉄に呼びかける。

「曹鉄殿」

呼ばれて、曹鉄は「は」と返事をした。

なぜ自分がここに呼ばれたのかと、当惑した顔つきだった。

「あなた様が、曹鉄殿なのですな？」

「はい。いかにも」

与旬が確認し、曹鉄がもう一度答える。

すると与旬は大きくひとつ呼吸をし「王様に申しあげます」と掠れてはいるが、揺るぎない声を出した。

「曹鉄殿は王子ではございませぬ」

やはり――と声に出したくなるのを堪え、藍晶は続く言葉を待つ。

肝心なのは、その理由だ。

「なぜそう言い切れるのじゃ。そなたとて、赤子の王子を鍛冶屋に託して以来、会っていなかったはずであろう」

「はい。下手に私が動いて王子に累が及んではと、決して会いませなんだ。しかし、鍛冶屋の赤子が流行病で命を落としたことは、届いた文にて知らせを受けておりました。その赤子が果たしてどちらだったのか……王子様であったのか、鍛冶屋の息子であったのか。わからないまま長い年月が流れ……ですが、今やっと確認いたしました。いいえ、本当はとうに気づいていたのです。けれどそれを、こうして直に確認することを、私は避けておりました……。なんとお可哀想に……小さな王子様は亡くなっていたのです……王妃様が、ご自分の命を賭しても守ろうとされた御子であったのに……」

眦に涙が光る。与旬には、自分が抱えていた小さな命の記憶がまだあるのだろう。

「与旬、理由を教えてくれぬか。そこにいる曹鉄が我が息子ではないという確固たる理由をだ。でなければ、いくらそなたの言であろうと、信じることはできぬ」

「ごもっともにございます、王様。その理由を申し上げましょう」

一同が固唾を呑んだ。

曹鉄自身も緊張で肩を強ばらせている。

「さきほど私は曹鉄様をお呼びし、お返事をいただきました」

そのやりとりはこの場にいる誰もが聞いていた。だが、だからなんだというのだ？　せっかちな櫻嵐の目が（早く喋らんか、この爺さんめ）と言っている。

「それこそが、曹鉄様が王子ではない理由にございます」

「……なんと？　与旬、余にはわからぬ。どういう意味じゃ」

「王子ならば、返事をなさらないはずだからです。さきほど、私はわざと目を合わさずにお呼びしました。それでも曹鉄様はすぐに答えられました。真の王子であれば、そうはできないはずなのです」

「わ、わからぬ。いったい……」

「まさか……！」

ある可能性に思い至り、藍晶は思わず声を上げた。

人は呼べば返事をする。

あるいは振り返る。つまり、反応する。

だがそうできない人たちも……いるではないか。

与旬は藍晶を見つめ「さようにございます」と頷いた。藍晶がなにを考えたのか、老いたもと宦官には伝わったらしい。

「王様」

与旬は改めて床に手のひらをつけ、王にぬかずき、告げた。

「曹鉄様が王子であるならば……聞こえぬはずなのです」

雇い主が病に伏した。

葉寧が詳しい事情を知るよしもないが……なにやら鶏冠が関わっているらしい。紫苑宮に滞在していた葉寧は、武官たちによって王宮へと連行された。苑遊もいなければ、その主の虞恩賢母も病床である。葉寧には為す術もない。

牢にでも、ぶちこまれるのかと思っていた。

兄の鶏冠にとって、自分は煙たい存在だ。苑遊が動けない今のうちに、適当な理由でもつけて捕らえ、死罪なり遠島なりにすれば、兄の身分が露見する心配もなくなる。

だが、宮中に入ると、葉寧は武官から女官へと引き渡された。

小柄で愛らしい顔をした女官など、ひと捻りすれば逃れられる。

「物騒なことを考えるものではございませんわ」

まるで葉寧の心を見透かしたかのように、女官は言う。どこかで見た顔だと思ったら、以前会った貴族らしき若者の屋敷にいた女だ。主の名は櫻嵐、とか言ったか。

「あなたは逃げる必要などありませんし、私に悲鳴を上げさせるのは容易ではないのですよ」

「は。ずいぶんな自信だな」

大口を叩くではないかと、背後から薄い肩を掴もうとする。ほんの脅しのつもりだった。しかし、手の甲に鋭い痛みを感じ、思わず「痛ッ」と声を上げる羽目になる。そこには、赤い筋が一本ついていた。

この女官ときたら、振り返りもせずに、葉寧の手に傷を負わせたのだ。

「私の爪に毒が仕込んでなくて、ようございましたね」

立ち止まり、葉寧を見て微笑む。葉寧は参ったとばかりに、軽く両手を挙げた。たしかに只者ではない。悪事に手を染め、修羅場もくぐってきた葉寧だからこそ、相手の本気はよくわかる。

「おい、女官。俺をどこに連れていくんだ」

「あなたにとって大切な御方のところへ」

「……花梨もここに来ているのか！」

「はい。ですが、もうひとりいらっしゃいます。さ、この房です」

示された房に足を踏み入れる。

床板を小さくならしただけで「葉寧？」と花梨の声がした。葉寧は心躍らせ、さらに奥へ進み……花梨の隣にいる男を見て、足を止めた。

「……あんた……」

鶏冠だ。

兄が静かに座していた。

――殺しておくれ。もういいんだ。おまえに会えたのだから、なにも悔いはないよ。

そう言って、泣きながら笑ったあの鶏冠ではない。なにを考えているのかわからない、淡々とした顔つきで葉寧を見ている。最初に紫苑宮で再会した時の表情だ。

記憶が戻ったに違いない。

なにもかもを……思い出したのだろう。

「葉寧？　早く来てちょうだい」

花梨に請われ、その隣に座った。しっかりと手を握りあい、互いの無事を喜ぶ。

「ねえ、信じられないわ。ここって王宮なんですって。私、今王宮にいるのよ。なんだかとてもいい匂いがしている」

漂う香りは、おそらく鶏冠の衣装に焚き込められたものだろう。葉寧は「豪勢なのは見た目だけだ」と答えた。

「貴族だの王族だの……腹の中は真っ黒な奴ばかりさ」

「そんなことはないわ、葉寧。そりゃあ悪い人はどこにでもいるものよ。金持ちでも、貧乏でも、悪い人はいる……いい人も同じよ。貴族でも王族でも、優しい方はいるわ。あなたの兄様のように」

「こいつが？」

顔を歪め、葉寧は嗤う。

「俺を捨てて、自分だけ里子に行ったこの男が？　俺が死にかけながら働いていた時、菓子でも摘みながら書を読んでいた奴が、優しいって言うのか」

「やめて、葉寧」

「たいした嘘つき野郎だ。隷民のくせに、神官になりすましやがって」

「葉寧、お願い」

花梨は懇願したが、葉寧の言葉は止まらない。心の底に渦巻く感情は、滾る油のように熱く、胃の腑を焼くようで苦しい。吐き出さなければ、息もできそうにないのだ。

「記憶が戻ったんだろ？　俺があんたにとって邪魔者だと、改めて気がついたんだろう？　さあ、どうすんだよ。俺を消すなら、苑遊のいない今のうちだぜ」

「……そうだな。今のうちだ」

鶏冠が呟くように言った。花梨がびくりと震える。

「俺はどうにでもしろ。けど、花梨に手を出しやがったら……」

「これは旅の商人が使う通行証だ。身分も記載されている。これを持っていれば、どこへ行こうと怪しまれることはない」

差し出された木札を、葉寧は怪訝な心持ちで見つめた。役所の正式な朱印が押された木札に書かれた身分は『常民』となっている。花梨のぶんも同じように用意されていた。

「なんだよこれ……どういうつもりだ」

「ふたりで、苑遊様の目の届かぬ土地へ行きなさい」

「鶏冠様？」

花梨が手探りで木札を掴む。形状から、通行証だとわかったらしく、葉寧の手をますます強く握る。

「不正な手段ではあるが……ふふ、ずっと不正に生きていたのだから、今更だな」

弱々しく鶏冠が自嘲する。俯くと、赤い前髪が影を作った。

「常民であれば、土地を借りて小作ができよう。豊かではなくとも、平穏に暮らしてほしい」

「おい、ふざけるなよ。俺たちに恩を売れば、自分が許されるとでも……」

「私には近く処罰がくだる。すべて王様にお話ししたゆえ」

なんでもないことのようにさらりと言われ、葉寧は耳を疑った。王に……喋ったというのか？　神官の身でありながら、本当は隷民の出だと、自分から言ったと？

「そんな……鶏冠様！」

声をわななかせた花梨に、鶏冠は「大丈夫だ」と優しく声をかける。

「私の意志で、王にお話ししたのだ。記憶が戻り、大神官選定が近づく中、こうするのが一番よいと、自分で判断した」

「そんな、だめです、私たちだけ逃げるなんてできません！」

「逃げてもらわなければ困る。せっかく、女のなりまでしてそなたを助け出したのだ」

鶏冠は苦笑いとともに言ったが、花梨は見えない双眸からぼろぼろと涙を零し「だめです、だめです」と繰り返す。

葉寧はなにも言えなかった。

おかしなことに、言葉がひとつも浮かんでこない。

どうしたというのだ。これはよい結末ではないか。

自分は誰にも利用されずにすみ、花梨も籠蝶々の身から解き放たれ、兄だけが処罰を受ける。文句のつけようがない。望み以上ではないか。

憎い兄は、どんな罰を受けるのか。

王を欺き続けた罪は重いはずだ。首を斬られるか、八つ裂きにされるか。

「いけません、鶏冠様……っ、私にはわかっています。あなた様がどんな思いで葉寧と別れたか、そのあとどれだけ必死に探したか、死んだという話を聞いてからはどれほど悔やみ、自分を責めたか……櫻嵐様からうかがったのです」

「……あいつになにがわかるっていうんだ……っ」

絞り出すように、やっとそれだけ言う。すると花梨は強い調子で反論してきた。

「櫻嵐様は、大神官様から聞いたと仰っていたわ！　鶏冠様をずっと近くで見てらした、大神官様のお言葉よ！」

まるで怒るかのように、花梨は叫ぶ。実際、怒っているのかもしれなかった。

なにに怒るというのだ？　葉寧がこの兄に捨てられたのは事実だ。恨んで当然ではないか。なぜ愛しい女に、こんなふうに責め立てられなければならないのだ。

――私のせいだ。ぜんぶ、私のせいなのだ。あのとき、おまえを先に養子に出していれば……おまえがなにを言おうと、そうしていたなら……。

ふいに、鶏冠が口走った言葉が浮かぶ。これもまた、記憶を失っていた時のことだ。

おまえがなにを言おうと？

葉寧がなにを言ったというのか。

兄に向かって、自分より先に里子へ行けと？　馬鹿な。誰だって、早く楽がしたいに決まっている。まして子供ならば尚更だ。それなのに、葉寧は鶏冠に先を譲ったというのか？

――兄ちゃんが、行きなよ。

嘘だ。言っていない。そんなことは言っていない。

なのに、なぜこうも鮮明に、耳の奥に蘇るのか。

――兄ちゃんは、書物が好きだもの。兄ちゃんが行くのがいいよ。そんで、いつか僕を迎えに来てね。きっと来てね、待っているから……。

切れ切れの記憶が、繋がりだす。

けれど葉寧には自信がない。これが本当の記憶なのか、わからない。思い出すのが怖い。無理に思い出そうとすると、こめかみがきりきり痛む。

「あ、あんたは俺を……捨てた……！」

抉れたほうの目を手で覆い、葉寧は唸る。

鶏冠は「そのとおりだ」と諾々と受け止めた。兄の指先だけが僅かに震えていることに、葉寧は初めて気がつく。

「あんたのせいで、俺は多くを失った。不幸になった。だから、俺はあんたを憎むんだ。憎んで当然だ。そうだろ？　俺にはあんたを憎む権利が……」

「いいかげんにして！」

甲高い声とともに、顔にぴしりと痛みが走る。

「なぜそんな嘘をつくの、葉寧！」

見えていないというのに、花梨の平手打ちはしっかりと頬を捉えていた。葉寧は顔を押さえたまま、驚きを隠せない。

「お、俺は嘘なんか……」

「ついてるわ！　私を騙せると思ってるの？　見えないぶん、あなたの心は誰よりも感じ取れるのよ!?」

襟首を摑まれ、揺さぶられる。こんなに激昂する花梨は初めてだ。濡れた頬が紅潮し、葉寧を「嘘つき」と責め立てる。

「あなたはもう憎んでなんかいない。再会してすぐは動揺しただろうけど、今はもう憎んでなんかいない！　あなたを探し続け、死んだと聞いたあともずっと思い続けてくれた人よ？　私の命を救ってくれた人よ？　どうして憎めるというの！」

小さな拳が、葉寧の頑丈な胸板を叩く。何度も叩く。

ここに留まっている、悲しくて冷たい塊を早く吐きだしてしまえとばかりに。

憎めば楽になれると思っていた。

つらすぎる日々を、それでも生きて行くために、憎しみが必要だった頃もあった。

けれど……今はどうなのだろう。

花梨と出会えた。他人を慈しむことを知った。この女と生きて行こう、幸福になろうと思い……その大切な人を、鶏冠は助けてくれた。

——待たせてるほうは、どうなのかな。

そう言っていたのは誰だった？

……あの子だ。天青だ。

——待ってるの、つらいじゃん？　けど、待たせてるほうはどうなんだろうと思って。ぜんぜん平気なもんなのかなあ。

「兄様が、平気だと思っていたの？　小さなあなたと別れて、心配しなかったと？　弟のことなどすっかり忘れて、楽しく暮らしていたと、本気で思っているの？」

花梨は天青と同じことを聞く。

そんなこと、わからない。考えたこともない。……嘘だ。本当は考えないようにしていた。自分の苦しみだけで手一杯で、兄のことなど慮る余裕はなかった。そういう意味では、葉寧も兄を見捨てていたのだ。

「本当のことを言って」

葉寧に縋り、花梨が言う。

鶏冠は黙ったまま、目を伏せている。

「あなたのここにある、本当の思いを、ちゃんと言って。私は知っているわ。あなたの憎しみは愛から生まれたもの。だからもう一度、もとの場所に戻してあげて」

花梨が一度葉寧から離れた。鶏冠の近くに躙り寄って、その腕をぐいと掴み「鶏冠様も、もっと仰るべきことがあるでしょう?」と引き寄せる。

葉寧と鶏冠の距離が縮まった。

葉寧は離れようとしたのだが、花梨に袖を引っ張られる。花梨を挟んで、兄弟は間近に向き合う形となった。

兄の顔だ。

幼い頃の面影が残っている。貧しさにやせこけて、いつもうす汚れてはいたけれど、兄がきれいな顔立ちをしていることを、葉寧は知っていた。顔立ちだけではない。兄は心もきれいだった。僅かばかりの食べ物を半分にする時、いつも少し大きいほうを葉寧に手渡した。葉寧が小さいほうでいいと言っても、笑いながら受け取らなかった。

——兄ちゃん。

ふたりきりだった。

——兄ちゃん、兄ちゃん。

葉寧が誰かにいじめられると、優しい兄が火を吹く龍のように怒った。空腹で眠れない夜には、ずっと背中を撫でていてくれた。

この世で、ふたりきりだった。

忘れていた思い出が……否、悲しすぎて、忘れるよりほかなかった記憶が、温かな泉のようにこんこんと湧きだしてくる。

兄が世界のすべてだった。兄が大好きだった。だから早く幸せになってほしかった。兄は葉寧を守ってくれるが、葉寧では兄を守れないのだ。

「……いいんだよ、葉寧」

おずおずと、鶏冠が口を開く。

「私を憎んでいいんだ。あたりまえだ。……でも、ひとつだけ……聞いてほしい。私は……私は本当に……」

忘れたことなどなかったよ。

おまえのことを片時だって忘れはしなかった。

掠れた声が言う。鶏冠の喉が震えて、目が赤くなる。泣きそうになるのを必死に堪えているのだとわかる。

花梨が、鶏冠と葉寧、それぞれの手を取った。

兄弟の手が、花梨の導きで触れ合う。この世界のなにをも見えない花梨は、見えないけれど大切なものを知っている。それは形がないから触れることもかなわないのだけれど……時に、こうして感じ取れるのだ。

冷たかった。

鶏冠の手は冷たかった。兄がひどく緊張し、怯え、悲しんでいるのが伝わってくる。

「に……」

呼ぼうとしたのに、声が喉で引っかかった。

情けない自分を笑うと、涙が勝手にぽろりと流れた。涙はふたりの手の甲に落ちる。鶏冠は驚いた顔で、その滴を見つめている。なんてこった、泣くなんて。自分に腹が立って、葉寧は顔を上げられなかった。

だから、手を握った。

兄の手を強く握った。

まだ言葉にはできない。それにはもう少し時間がかかる。今はこうして手を握るのがやっとだ。花梨に叱られるだろうけど、精一杯だ。

それでもいつか、言えるといい。

さみしかったのだと。

さみしさのあまり強く憎んだけれど――それはもう終わらせたいのだと。

7

金盥《かなだらい》に水を張り、天青はそろそろと運んだ。

少し水を入れすぎただろうか。零さないように運ぶのは難しい。しっかりと両手で盥を持ち、すり足で回廊を進む。目指しているのは一番奥の房だ。途中、警備に立っている武官が天青に気づいて道を空けてくれた。

「鶏冠様がおいでですよ」

若い武官がそう教えてくれた。天青は「ありがとう」とさらに進む。

目隠しの掛け幕が風に靡いていた。

今日の空は青い。気温もかなり高く、天青はうっすらと汗を掻いている。梅雨《チャンマ》はもう明けたのだろうか。

夏が、近づいている。

「鶏冠？」

何枚かの色とりどりの掛け幕をくぐり、声をかけた。鶏冠の細い背中が見える。

「天青か」

「うん。盥の水を替えてきたんだ」

「そうか。ありがとう」

天青はそっと金盥を下ろし、鶏冠の隣に座る。ふたり、それきりしばらく黙って、同じ箇所を見つめていた。

視線の先は、苑遊の閉じられた瞼だ。

天青たちの前には、床に横たわる苑遊がいた。鶏冠の記憶を取り戻すため、その心の内に深く潜って以来、一度も目覚めていない。苦しげだった呼吸こそ安定してきたものの、苑遊は深く眠り続けている。

まるで人形のようになってしまった苑遊の世話をし続けているのは、鶏冠だ。

意識はないが、かろうじて水だけは飲む苑遊を数時間おきに抱き起こし、蜜水を含ませた綿をそっと唇に当てる。薬湯は日に二回、ひと匙ずつ根気よく与える。

身体を拭き、髪を梳く。

ときどき話しかける。返事がなくてもだ。

そんなことをもう何日も、鶏冠は続けていた。このままでは鶏冠のほうが参ってしまうだろうと、大神官は書生を何人かつけようとしたのだが、自分がすると言って聞かない。こんな時の鶏冠はとても頑固だ。

けれど、天青には鶏冠の気持ちがわかった。

天青もまた、苑遊の過去を見たからだ。

それは鶏冠が見たものとぴたりと一致していた。どうやらあれはただの夢ではないらしい。三人の意識と無意識が混じり合い、作り出された世界なのだ。

苑遊は不幸な子供だった。

天青にしても、恵まれた幼少期とはいえないが、苑遊はもっとひどかった。天青には柘榴婆と曹鉄がいたが、苑遊は兄を失って以来、誰ひとりいなかったのだ。

「……お顔を、お拭きします」

小さく鶏冠が言った。

天青にではなく、眠る苑遊にだ。天青は金盥の水に布を浸し、しっかり絞ってから鶏冠に渡した。鶏冠は身を乗り出して、そっと、丁寧に、苑遊の整った顔を拭っていく。長い睫が一本抜けて、青ざめた頬につく。鶏冠はそれを、ことさら注意深く指先で取り除いた。

「なんで……目が醒めないのかな」

独り言のように聞くと、鶏冠が「わからぬ」と静かに答えた。

「だが、それほどに、他者の心に入るのは危険なのだろう」

「オレはわりと平気だったのに。まあ、丸一日は起きられなかったけど」

「おまえの力のほうが強いということかも知れぬな」

違うと思う。苑遊の白皙を見つめながら天青はそう考える。それよりも、天青のほうが『もとの世界に戻りたい』という意識が強かったからではないか。

苑遊はあの場に留まっていたがった。

記憶を失った鶏冠の心の奥、鶏冠だけの世界に。

——思い出さぬまま、このまま夢の中に生きるのも……いいかもしれぬな。

——苑遊様もいてくださいますか。

——おまえが望むなら、ずっとそばにいよう。

そんなふたりのやりとりは天青にも聞こえていた。そして、冗談じゃないと憤った。

鶏冠は帰るのだ。記憶を取り戻し、現実の世界へ帰らなければならないと強く思った。

けれど、苑遊はそれを望んでいなかった。

現の世界に……苑遊の幸福は、ないのだろうか。

「曹鉄のことは、聞いたか？」

苑遊の唇に薄く蜂蜜を塗りながら、鶏冠が聞く。乾燥によるひび割れを防ぐためだ。

「うん。今朝会った。やっと本当の曹鉄になったたって感じ」

王子ではないことがはっきりし、曹鉄は武官に戻ることとなった。

鵬与旬の告白により、王子は聴覚に障りがあったことがはっきりしたのだ。生まれてまもなく、高い熱を出した時の後遺症だったらしい。乳母が最初に気がつき、王妃に報告した。一切の音に反応しない赤子に大きな衝撃を受けた王妃は、その事実を隠した。その頃には、我が子を宮中から逃がそうと考えていたのかもしれない。ならば王に告げる必要はない。王妃はそれを徹底して隠し……鵬与旬ですら、知ったのは後々だった。

従って、宦官日誌には書かれていない。

あの時、与旬の呼びかけに曹鉄は答えた。

王子ならば聞こえないはずであり、返事ができるわけもない。

真相ははっきりしたものの、大臣の中には、曹鉄を王宮から追放すべきと主張した者もいた。しかし王はそれを厳しく退けた。曹鉄は自ら王子と偽ったわけではなく、世継ぎ争いに巻き込まれた被害者である。罰せられるようなことはなにもしていない、と大臣たちを一喝したそうだ。曹鉄は以前より少しだけ高い位の武官となり、数人の部下を持ち、王宮の警護に当たることとなった。

もうひとつ、橄欖王はある英断を下した。

鶏冠の身分について、不問としたのだ。

この決定を、鶏冠は最初は拒んだ。自分は曹鉄とは違う。悪意はなかったにしろ、結果として周囲の人々を欺いてきたのだ。罰せられるべきだと主張した。しかし、

――鶏冠よ、よく聞くのだ。

玉座から鶏冠を見下ろし、王は述べた。

――余はそなたを憐れんでこの決断をしたわけではない。そなたの、今までの労をねぎらったわけでもない。余は王として、この国と民に責任がある。麗虎国にとって、もっともよいことはなにか……それを考えた時、そなたをこのまま神官にしておくべきという答えに辿り着いたのじゃ。

王の隣には、世継ぎである藍晶王子も同席していた。父王の言葉に力強く頷き「父上のご英断を尊敬いたします」と鶏冠を見つめていた。

――鶏冠、そなたの性分では、嘘をつき通すことは苦しいであろう。だがあえて厳しい道を進んでもらう。それが今まで偽ってきた、そなたの償いじゃ。無論、そなたの秘密は永遠に守られる。余も大神官も、ここにいる藍晶も、墓場まで抱えて持っていく。それで神罰がくだるとしても、甘んじて受け入れよう。余は麗虎国の王として、その覚悟はできている。

だからそなたも覚悟せよ。

そなたは隷民でありながら、神官でもあり続けるのだ。

王は毅然と、そう告げた。鶏冠は平伏した。王命を……隷民でありながら、神官でもあり続ける、その生き方を受け入れたのだ。

一連の話を、天青は櫻嵐から聞いていた。櫻嵐は「今まで父上がなさってきた中で、もっとも優れた決断と言えような」と笑っていた。

「天青、体調はどうだ」

聞かれて「うん、いいよ」と答える。

心配事の多くは解決した。曹鉄は武官に戻れたし、鶏冠も神官でいられる。葉寧は花梨とともに、遠くの土地で暮らすそうだ。出発前、天青のところにも寄ってくれた。

――世話になったな。

そう言って、髪をくしゃりとされた。笑うと鶏冠に少し似ている。天青はべそをかいてしまい、葉寧に「泣き虫め」とからかわれた。

なんと多くの困難があったことだろう。

目を覚まさない苑遊のことは気がかりだが、それでも天青の心持ちはずいぶんと落着いている。鶏冠の顔色もよくなってきている。

「今日は大事な日なのだから、もう房に戻って支度をしなさい」

「えー。鶏冠は手伝ってくれないの」

「甘えても無駄だぞ。おまえがなんでも自分でできることを、私はもう知っている」

ちぇっ、と小さく舌打ちすると、鶏冠がこちらを見る。白い手がすいと伸びてきて、拳骨を食らうのかと肩を竦ませた天青だったが、頭をするりと撫でられただけだった。

優しく、温かい手だ。

「……そう、おまえはなんでもできる。私を助けることも」

「鶏冠」

厳しく怖いはずの師範神官が、微笑んでいた。

「おまえが脚折山へ行った話を聞いた時は驚いたぞ。まったく、無茶をするものだ」

「オレの無茶は師匠譲りだもん」

「それはまさか私のことではあるまいな」

「ほかに誰がいるのさ」

「こいつめ」

今度は本当に拳骨がきて、ポカリと軽く叩かれた。その痛みが嬉しくて、天青は「えへへ」と頬を緩ませる。

「さあ、行きなさい」

はい、と返事をして立ち上がった。

今日は大切な日だ。午からは大神官選定が執り行われる。天青は慧眼児として、儀式に参列しなければならない。

結局、誰が大神官に指名されるのかは天青にもわからない。

鶏冠ではないことはたしかだ。神官として宮中に留まると決めた鶏冠だが、大神官候補からは外された。隷民でありつつ、神官でもある——鶏冠はそれを受け入れはしたが、しばらくは迷いも生じることだろうと、胆礬大神官が判断したのだ。位も少し下がった。あまりに心労の多かった今までを鑑み、しばらくは心身ともに穏やかに過ごせるようにという配慮でもある。

房に戻ると、女官たちが待ち構えていた。

大神官選定は滅多にない重要な儀式だ。天青は真っ白な装束の上に、銀糸で白虎が刺繍された豪華な外套を羽織らされ、髪は香油で撫でつけられた。

「ねえ、これ暑いよ。もうすぐ夏だよ？」

そう訴えたものの、厳めしい顔の女官長は「我慢なさいませ」と手厳しい。

おまけに書生仲間である、笙玲《しょうれい》、太雲《たいうん》、偵雀《ていじゃく》まで支度の手伝いに来ていた。澄ました顔をしてはいるものの、たまに脇腹をついたりと悪戯をされて、天青はおかしな声をあげてしまいそうだった。友人たちは、がんばれ、と小声で囁いて退室していった。

底の厚い木沓と、鈴のついた錫杖を持たされ、完了だ。

なんとも動きにくい格好となった。

「おお、奇跡の慧眼児だな」

からかうように言うのは、迎えに来てくれた曹鉄だ。今日は儀式のあいだ、ずっと天青の護衛をしてくれる。

「オレが着飾る意味ないと思うんだけどなあ」

「いいじゃないか。なかなか決まってるぞ、天青」

馴染んだ武官服に身を包み、曹鉄が笑う。やれやれと錫杖を鳴らしていると、どこからかハクが姿を現し、天青に向かってグルルと喉を鳴らした。そろそろ行くよ、と言われているようだ。天青を先導するように、白虎はのしのしと歩き出す。

ハク、天青、曹鉄と武官、そして女官たち……天青ら一行は白い石畳を踏んで、儀式の場である清心殿《せいしんでん》前の広場へと向かう。

すでに貴族たちは参列している。

ほどなく、王族が入場した。最後に櫛櫃王が玉座につき、その右に正妃、左に大神官が腰掛け、王の椅子の後ろには藍晶王子が立っている。

天青は空を仰ぐ。

目を閉じて、初夏の風を感じる。空気は澄み、空は青い。

とてもいい日だ。

銅鑼が響き、宦官が儀式の開始を告げた。

王の前に、大神官候補たちが歩み出る。今回は宮中神官で、一定の位を持つ者がほぼ全員候補となっている。鶏冠がいない以上、団栗の背比べだろうと誰しもが囁いていた。その鶏冠は、ほかの下級神官たちとともに、やや離れた列から事の成り行きを見守っている。

「栄えある麗虎国にふさわしき、次代の大神官を決める時がきた」

王の言葉に、臣下たちがひれ伏した。石畳に絹の滑る音がいっせいに聞こえる。

「大神官は、王とともに国を支える大きな柱。清廉潔白な心にて、私欲のかけらもなく、神に仕える者こそがふさわしい。余は胆礬大神官とともに話し合いを重ね、新しき大神官を決定した。ただし、引き継ぎ期間は今までより長い二年とし、その間新しき大神官は、胆礬大神官とともに宮中における神職のすべてを学ぶものとする」

王が言葉を止めると、宦官が「異論ある者は、前に出よ」と臣下に問う。動く大臣は誰ひとりいない。

「大神官候補、立ちませい」

宦官の号令で、二十人ほどの候補が立ち上がる。

皆が背筋を緊張させている中、ひとりだけ妙に弛緩している姿がある。一番新参者の、蛙顔をした神官だ。あの方はいつでもこうだよなあ、と天青は微笑ましい気持ちになった。自分はまったく関係ないと思っているのが、後ろから見ているだけでわかる。出世や名誉にとことん興味がないところは、鶏冠とよく似ていた。

「次代の大神官を発表する」

胆礬大神官が、厳かな声を出した。

場の空気がきりりと引き締まり、誰もが固唾を呑んだ。ただひとりの神官を除いて。

「麗虎国第二十七代大神官に、庚民世を任ずる」

大神官の声が、澄んだ空に高く昇った。

だが広場は静寂に包まれたままだ。誰も反応しない。天青も同じだ。ぽかんとしたまま(え？　オレの聞き違い？)と思っていた。

その静寂を破ったのは……。

ゲロゲーロ。

唐突な、蛙の濁声。

そして、ぼてん、と落ちた蟇蛙。どこから落ちたのかといえば——庚民世の袂からである。

「おっと、ケロン、出てはいかんて」

民世が慌てて蛙を追いかける。

だが蛙はぴょこたん、ぴょこたんと巧みに逃げた。見かねた曹鉄が数歩進んで蛙を捕まえ「池に放して参りますゆえ」と民世に告げた。

「おお、かたじけのうございまする。それはわたくすの蛙ですてな、さきほど鳥に狙われておりましたので、とっさに袂に入れた次第でございまする」

丁寧に礼を言い、民世は説明した。つまり、あれは天青たちが悪戯で仕込んだ蛙だ。驚かすつもりでいたのに、民世に礼を言われて面食らったことを思い出す。

「いやはや神聖なる儀式の途中に、大変失礼いたすますた。大神官様、どうぞお続けくださいませ」

神官たちの居並ぶ列、一番端に戻って民世は頭を下げる。位の順に並んでいるはずなので、民世が一番下っ端ということだ。

「庚民世。儂の話を聞いていたかね？」

「申しわけございません、大神官様。実のところを申せば、ケロンが袂でもぞもぞと動きますゆえ、そちらに気を取られておりますて……」

「聞いていなかったのだな。ならばもう一度言おう。麗虎国第二十七代大神官に、庚民世を任ずる」

「ははあ」

民世は畏まって頭を下げたあと、ひと呼吸ぶん置いて「は？」と顔を上げた。

「あのう……大神官様……今、なんと……」

「だから、そなたが次の大神官だ」

「はあ……？」

離れ気味の目をぱちくりとさせ、民世は自分の耳に指を突っ込んだ。真剣にほじったあと「わたくす、聞き違えてしまったようです」と大神官を見る。

「聞き違いではない。庚民世よ、そなたが次の大神官だと言うておる」

今度は王に言われ、民世の顔色がサーと青くなった。ここにきて初めて、他の神官や大臣たちもざわめき始める。

庚民世だと？

このあいだ宮中にあがったばかりではないか。

今まで田舎神官だった者が、大神官……？

そんな不満がそこかしこから沸き上がってきた。古参であり、それなりに派閥を抱える琥珀《こはく》神官が「恐れながら」と前に出る。

「庚民世殿には、いささか荷が重すぎるかと存じ上げまする」

ほう、と応じたのは大神官だ。

「ではそなたならば、大神官の荷は軽いのか」

「い、いえ、そのような……」

「誰が負うても重い荷なのは変わらぬだろうよ」

「しかし大神官様、民世殿は位も低く、宮中にはまだ慣れておらず……」

「位は高くなる。大神官であるからのう。宮中に慣れていないのは承知の上じゃ。むしろ慣れていないからこそ、庚民世を選んだ」

慣れていないから？

天青は腰を抜かしている庚民世を見る。

たしかに慣れていない。もう一度壇上に視線を戻すと、藍晶王子がこちらを見て微笑んでいた。どうやら、この決定には藍晶王子も一枚嚙んでいるらしい。

「大神官にふさわしき条件……それはなによりまず、私利私欲なく、神と麗虎国のために尽くす覚悟ができていることじゃ。よいか、もう一度申すぞ、私利私欲なく、である。貴族や商人と癒着し、蔵にあれこれ貯めこんでいる者ではいかんということじゃ」

琥珀を含め、何人かの神官が……いや、ほとんどの者が視線を彷徨わせる。身に覚えがありすぎるということだろう。

「加えて、王をどれだけ助けられるか。豊富な知識、経験、理解、そういったものが欠かせない。庚民世には宮中の経験は浅いが、民のことはそなたたちの誰よりよく知っておる。そのほかの知識に関しては……みなも承知の通りじゃ。かの選抜試験で満点近くを取った者など、儂も初めて会った」

「し、しかし……」

まだ食い下がろうとする琥珀を見下ろし、大神官は「不満ならば、試験を執り行ってもよいぞ。民世より高い点を取る自信があるのか、琥珀？」と畳み掛ける。

そう言われてしまえば、琥珀も黙るしかない。

「お、おま……お待ちください、大神官様」

砕けた腰を叱咤し、なんとか跪く姿勢に戻って民世が言った。

「いけません。無理でございます。ご辞退申し上げます」

「庚民世。これは王命でもあるのだぞ。辞退はあり得ぬ」

「そ、それではわたくすを反逆者として捕らえ、牢にぶちこんでくださいませ。ち、地の果てに流刑でもいいのです、一向にかまいませぬ。大神官などという大役、わたくすには無理です。ふさわしくありませぬ！」

必死に拒む民世を見ても、大神官は涼しい顔だった。

「ふさわしいかどうか、決めるのはそなたではない。……のう、天青？」

「え」

いきなり話をふられて目を丸くしていると、大神官が「なんという顔をしているのじゃ」と苦笑いを見せた。

「大神官となるものが、その地位にふさわしいかを慧眼にてたしかめる。それがおまえの役割であろう？」

「あ……は、はい……」

しまった、事の成り行きに気を取られて、自分の仕事を失念しかけていた。

天青は前へ進み出て、庚民世と向き直る。

民世はあわあわと慌て「いや、そんな、わたくすは慧眼児に見てもらうような者では……」と後ずさりする。

すると琥珀神官が口の端を引き上げて民世を睨めつけ、

「おや。慧眼児に心色を定められるのが怖いのですか」

と意地悪な質問を突きつけた。相変わらずいやな性格だなと呆れる天青のすぐそばで、民世はカクカクと頷き「はあ、もう、それは」と答えた。

「こ、怖いなどというものでは……」

「なにか後ろ暗いことがおありのようだ」

「はあ、まあ、この歳まで生きておりますと、いろいろ恥ずかしい真似もしでかしております……。王様、どうかご容赦を……」

がばりと伏して、民世は王に懇願した。だが王は「大神官の言うとおりにせよ」とにべもない。するといよいよ諦めたのか、民世は項垂れながらも立ち上がった。

「はあ……すかたありませぬなあ。慧眼児よ、お願いいたすます……お目汚しかとは思いまするが……」

すっかりしょぼくれた民世は、とてもではないが大神官に見えない。本人も嫌がっているし、あまり期待はできないかなと案じながらも、天青は意識を集中させていった。

息を大きく吸う。

両腕を軽く広げ、胸を開き、健やかに晴れた天空の力を借りる。

居並ぶ貴族たちがどよめいた。列の後ろから、ハクが飛び出してきたからである。白く輝く毛皮を纏った若虎は、天青を守るようにその前に立ち、四肢を踏ん張って咆吼した。四方八方の空気がびりびりと震える。

ガルルッとハクが牙を剝く。いつになく興奮しているようだ。のしのしと民世に近づき、さかんに匂いを嗅いでいた。民世はといえば、大きな虎にフンフンと鼻面を何度も突きつけられ「ひゃあ」と情けない声を上げて尻餅をついてしまう。

ハクがまた吠える。

今まで、天青に害をなす者以外には決して敵意を見せなかったハクだ。これはどうしたことだろうと天青も戸惑ってしまった。その時、

（集中せよ）

頭の中に、煌めくように入り込んできた声……鶏冠だ。

天青は鶏冠が控えている列に目を向ける。静かに佇み、じっとこちらを見ていた。天青、しっかりと集中するのだ……視線でそう諭され、天青はこくりと頷く。ハクはまだ興奮しているようだが、嚙みつく気配はない。

再び、空を仰ぐ。

左目が燃えるようだ。きっと今、青く輝いているに違いない。

瞼を閉じ、意識を眉間に集める。それが光の点となるように、集中させていく。

眉間に熱を感じたら、喉へ、胸へ、丹田へと少しずつ下ろす。

感じている熱は次第に大きくなり、天青ははっきりと感じ取る。もう身体全体が光っているはずだ。自身が光そのものになった今、聞こえていた人々の感嘆の声も、もはや遠い。

天青は目を開けた。

庚民世はすっかりへたりこんで、呆然とこちらを見ていた。ハクは民世の横でどっかり座り込んでいる。ハクが興奮していた理由がわかり、天青は微笑んだ。

「慧眼児よ」

大神官に呼ばれる。

「庚民世の纏う色が見えたか？　それは大神官にふさわしきものであるか？」

その問いに言葉で答えることはたやすい。だが、慧眼児の言葉であろうと、信じない者もいるだろう。

ならば、どうしたらいい？

そう、見せてやればよいのだ。

（でも、やったことない……できるかな……）

自らに問えば、青き石が（できる）と答える。

（おまえがそうと望むのならば、できる。天青よ、おまえはもうその力を持っている。自分でもわかっているはずだ）

（そっか。そうなんだ。……うん、なんとなく感じるよ。ああ、でも、まだなんだな。

力があるだけじゃだめだ。それを操ることができても……まだ足りない）

たとえば、溢れんばかりの大河の水。

燃えさかるような太陽の光。

力は大きいほどに、時に厄災になりえる。扱いが難しい。なにより難しいのは、その目的だ。なんのためにその力を使うのか、だ。

（オレはその答えを持っていない……）

あまりに大きなその問いは、個の人間が持てるものではない。

慧眼児の力は個では意味を成さないのだ。

だから慧眼児は王の前に現れる。王のためではない。王は民を束ねる者だからだ。

（ならオレは……慧眼児は、ひとりじゃない）

王とともに。

民とともに。

人々とともに。

知恵を絞り、工夫し、度重なる失敗と障害に挫けることなく、着実に積み重ね——大切なことを成し遂げる。それはひとりではできない。決してできない。

ふふ、と青き石が笑うのがわかる。

（わかってきたではないか）

びくりと天青は身を震わせた。

右の目がやけに熱い。いつもは左だけなのに、なにが起きたのだろう。ぴりぴりとした痛みに思わず手で覆う。胸の奥で（耐えよ）と声がした。その言葉に従いしばらく我慢していると、やがて痛みが引いてくる。

ふう、と息をつき、天青はやっと顔を上げられた。

「おお」

王が玉座から立ち上がる。

「見よ、慧眼児の双眸を……！」

周囲の人間が、次々に膝を折り、平伏していく。

その様子を眺めながら、天青はひどく静穏な気持ちを得ていた。

かつて感じたことのない安定感がある。身体の内に熱と光を感じるが、不安はない。それらを自分で制御できているのがわかる。そうか、と天青は気がつく。この双眸は、ともに青くなったのだ。

身体の熱が心地よい。光に満たされ、充実を感じる。

再び、空を見上げた。

青い瞳で、くっきりと青を見る。ああ、とても心地よい。

身の内の光を、天青は手のひらから溢れ出させた。小さな獣を慈しむように、柔らかく手を動かしながら、光を圧縮させていく。ほどなく、光の球ができあがる。それをふわりと浮かせ、自分の顔の前まで来た時にフッと息を吹きかけた。

光の球は、真っ直ぐ民世へと飛ぶ。

「ひゃあ」

そして、その身体にぶつかって弾け飛んだ。

途端に色が溢れ出す。

濃い緑、薄い緑、瑞々しい新芽の緑。

色とりどりの花。羽ばたく鳥。なんと鮮やかで、眩しいことか。

さらには、散り落ちた花の色、苔の色、朽ちた葉の色……それらはくすんだ色合いではあるが、必要なものだ。次の芽を生む苗床になるからだ。

民世の色は、すなわち森だった。

春から夏にかけて、命がもっとも躍動する季節の森だ。ちょうど、天青の故郷である白虎峰にも似ている。だからこそ、ハクがああも興奮し、懐いたのだろう。

森には水が流れる。

花が咲き、散る。

生まれる命がある。死にゆく命もある。獣の死骸は腐り……だがそれを食べて生きる虫たちがいる。すべては循環し、無駄なものはなにもない。そもそも、無駄という概念すらない。

美しいも、醜いもない。

おそらく、善も悪もない。

ただ、すべてはそこで生きている。

いつか死にゆくとしても、今を生きている。

それが民世の色だった。

民世自身、口を開けて自分から溢れる色を見つめていた。自分の色に、驚いているのだ。こういった色は、当人の努力で生まれるものではない。もともとの気質と彼の生き様が、そのまま表れたにすぎない。

やがて、広場に生まれた緑深い森は消える。

玉座から立ち上がったまま、言葉もない王に、天青は向き直る。

「王様。ご覧いただけましたか」

王ははたと正気に戻り「う、うむ」と崩れるように座った。

「見えた……よく、見えた」

「見事であったぞ、天青」

大神官に褒められ、天青はえへ、と笑う。ちらりと鶏冠を見ると、こら、というように軽く眉をひそめられてしまった。

大神官が前へ出て、へたりこんだままの民世に手を差し伸べる。

「庚民世。そなたの森は清濁併せ呑む深き場所であった。まさに大神官にふさわしい」

「は、はあ……」

まだふらふらとしている民世を支え、大神官は微笑む。

「なに、実務的なことは儂がしっかり教えるゆえ、安心しなさい。二年あれば、宮中のややこしさも理解できるであろう」

「はあ……あ、あのう、大神官様……」

「なんじゃ」

「ひ、ひとつ条件をつけさせていただいてもよろしいでしょうか。それを呑んでいただければ、この庚民世、謹んで大神官の地位をお預かりいたしまする」

「ふむ」

大神官は王を見た。王は玉座から「言うてみよ」と頷く。

「わたくすには、宮中に参りまして以来、この御方こそ次の大神官にふさわしいと思っていた御方がいらっしゃいまする。ですがその御方はまだお若く、また、諸々の事情ありて今回の大神官候補には入っておりませぬ。どうか、わたくすが一定のあいだ大神官を務めました暁には——すみやかにその御方に、次代を譲りたいのでございます」

「……なるほど。して、誰に譲る気でおるのじゃ？」

わかっているが、一応聞くぞ……そんな顔で大神官が問う。天青もまた、民世の示した人物が誰なのかわかっていた。王も同様だろう。藍晶王子など、もうその人物のほうを見て、少し笑っている。

「はあ。お教えいたすます。……白虎よ、その御方のところへ行っておくれ」

頼まれたハクは、大きな身体で軽々と起き上がり、石畳を蹴った。

大神官候補たちをするりと無視して、大臣たちの横をすり抜け、控えている下級神官たちの列へ向かう。

その中にひとり、少し困った顔をしている神官がいる。

赤い前髪が特徴的な細面の神官の前で、ハクは止まった。グルグルと喉を鳴らし、猫のように懐いている。

「……これ……ハク」

鶏冠が叱っても、離れようとはしない。

鶏冠の周囲をぐるぐる回り、やがて尻をぐいぐいと鼻面で押して、無理矢理に歩かせた。鶏冠はほとほと困り果てた顔つきで、それでも仕方なく、玉座の前まで出て跪く。

「鶏冠、承知してくれるか」

王に問われ、鶏冠は「とんでもございません」と答える。

「たとえ何十年後であろうと、この身が大神官になるなど……」

「鶏冠様が承知してくださらねば、この庚民世もお引き受けできませぬ」

鶏冠の言葉の途中で、民世はきっぱりと言い放った。のたのたと数歩動いて、自分よりかなり若い神官の前に立ち、

「わたくすだって、いますぐ逃げ出したいほどの心持ちです。不安すぎて、正直泣き出しそうなのです。それでも、覚悟いたすますた。この国を、この土地に生きる人々を愛するのならば、あなた様も覚悟すべきでございましょう」

本当に、半分泣きそうな声で、そう告げた。鶏冠は瞳を揺らし、戸惑っている。細い身体から、不安というよりは恐怖に近い色が立ち上るのが天青には見えた。

「鶏冠」

天青が歩み寄った。

震えている鶏冠の手を、しっかりと握る。

「できるよ。鶏冠なら、できる」

まだ青く輝いているはずの瞳で言う。

「天青……だが、私は……」

「身分のことなんか、気にしちゃだめだ」

鶏冠にしか聞こえない声で告げた。

「ねえ鶏冠。オレには人の色が見える。光が見える。濁った色ばかりの王族もいれば、輝く朝の湖面みたいな隷民もいるんだよ。関係ないんだ。ぜんぜん、関係ない。だいたいさ、この空や、大地や海や、まして神様がそんなもの気にすると思う？」

「それでも……私は怖い……自信がないのだ……」

「オレがいても？」

尋ねると、鶏冠が少し驚いた顔になる。

「オレ、まだまだだけど、頑張るよ。立派な神官になって、鶏冠の役に立てるようになる。だから一緒にやろう。この国の人たちが幸せになれるように、考えて、行動して、それを続けるんだ。藍晶王子だっているじゃないか。曹鉄も、櫻嵐も……民世様だって、みんな助けてくれる。ひとりでなんか、やらせない」

「天青……」

「そうじゃ。そなただけではない」

大神官の声だった。微笑みながらゆったりと歩み寄り、天青と鶏冠それぞれの背中に手を当てた。

「鶏冠よ。人はそれぞれ、役割を担って生まれておる。ならばそなたの役割は……」

隷民として生まれ、大神官となること。

もっとも弱き者として生まれ、もっとも神に近い座につくこと。

大神官はそれを言葉にはしなかった。けれど、天青には伝わってきた。背に当てられた温かな手のひらから、じんわりと胸に伝わってきたのだ。鶏冠にもきっと伝わっているだろう。

鶏冠が天青を見る。

約束してくれるか、とその瞳が聞いていた。本当に、私を支えると約束してくれるか？　神官となって、同じ道を歩んでくれると？

天青は笑って頷いた。

鶏冠が嫌がったって、離れてなんかやるものか。

「――謹んで……」

震える声とともに、鶏冠は大神官を見る。

「謹んで、お引き受けいたしまする。庚民世様、なにとぞお導きください」

大神官は頷き、民世は「おお！」と喜んで、蛙のように跳ねた。

「ありがたい、ありがたい。これでわたくすも安堵いたすますた。この齢ではそう長く大役を務めるには不安。しかしあとを鶏冠様がお引き受けくださるのならば、微力ながらも全力を尽くし、お役目を果たせまする」

宦官に誘われ、次代の大神官・庚民世が壇上へとあがる。王より任命状を拝し、大神官からは金に近い黄色の外套が渡される。大神官のみに許された高貴な色だ。

「次なる大神官に、礼を捧げよ！」

宦官の声に臣下たちが膝を折る。

つい今朝まで、民世を田舎蛙呼ばわりしていた者たちは内心で泡を食っていることだろう。神官書生たちは大喜びするはずだ。民世の講義は楽しくかつわかりやすく、その人柄もとても好かれている。

再び銅鑼が鳴り響き、続いて祝いの楽が奏上される。

胆礬大神官と民世が並び立つ姿を見て、天青は未来に思いを馳せた。何年後かはまだわからないが、やがてあの壇上に鶏冠が立つのだ。

胸がいっぱいになった。

王も、そして藍晶王子も晴れやかな顔をしている。

曹鉄と目が合うと、大きく頷いてくれた。王族たちの列から、櫻嵐が片目を瞑ってみせる。一方で鶏冠は、みなが楽に気を取られているうちに、静かにもとの列に戻ろうとしていた。鶏冠らしい控えめさだ。

杖鼓《チャング》が打ち鳴らされる。

響箄簗《ヒャンピリ》が響く。

荘厳な楽曲が広場に溢れる中、天青も用意されていた椅子に腰掛けた。両目の熱が鎮静化していき、いつもの自分に戻るのがわかる。慧眼児でいられる時間はまだ長くない。ますますの修行が必要だと天青は思った。近い未来、鶏冠の助けになれるよう、できる限りの努力をしよう。

奚琴《ヘグム》の音が胸に心地よい。初夏の空に華麗な楽曲が上っていく。

誰しもが、明るい雰囲気に心身を浸していたその時……。

悲鳴が聞こえた。

絹を裂いたような、女の悲鳴だ。

なにごとかと目を凝らすと、女官たちが居並ぶ列の一角が崩れている。何人かが座り込んだり、倒れたりしている。

天青は震撼した。

「……邪魔するでない」

幽鬼が、剣を持って立っている。

「誰も……妾《わらわ》を止められぬ……妾は我が国を、麗虎国を守るのだ……！」

よく磨かれた剣先が陽に反射した。

剣がやたらと大きく見えるのは、それを持つ者が小柄な女性だからである。それが誰なのか、顔を見れば一目瞭然であるはずなのに——天青は信じられなかった。

鬼女のごとく乱れた髪は、真っ白になっていた。

唇の紅がはみ出している。震える手で施したのだろうか。青ざめた顔色に、まるで血のように赤い。さらに恐ろしいのは目だ。焦点が合っていない。どこまでも虚ろなのに……一番奥では、小さな炎が揺れている。異様な光だ。

「許さぬ……許さぬ………」

どこの国のものなのか、見たことのない異国の古い衣装をだらりと纏っている。かつてはきらびやかなものだったろうが、刺繍も飾りもすでにぼろぼろだ。帯もまともに巻かれてはおらず、端はずるずると石畳を引きずっている。小さな玉飾りが擦れて落ち、為す術もなく転がっていった。

「……曹鉄が、王に……なるのだ……」

剣に寄りかかるようにして斜めに立ち、言う。

何度見ても、信じられなかった。

あれは、本当に——虞恩賢母なのか。

「それが、正しい……それこそが正統ぞ……なのに、なぜ……うまくいかぬ。ふふ、妾は元凶を知っておるぞ。すべては、そなたから……」

賢母は憐れにも痩せ衰え、だが乱心ゆえなのか、躊躇いのかけらもない足取りで神官の列に向かっていた。武官が動こうとして、王を見た。だが王は「捕らえよ」とも「待て」とも言わない。いや、言えないのだ。立ち上がり、愕然としたまま変わり果てた生母を見つめている。

ほとんどの者は怯え、蜘蛛の子を散らすように逃げた。

だが白い石畳の上にスッと立ったまま、その場を動かない者がいる。

鶏冠だ。

「すべての元凶はそなた……」

呻くように賢母が言う。

ふらふらと鶏冠に近づくが、鶏冠は逃げない。双眸を見開いたまま、固まってしまっている。虞恩賢母の変わりようと、その気迫に呑まれてしまっているのだ。

剣がゆらりと振り上げられた。

宮中の女性ならばよろめきそうな重さのはずだが……人は狂気を内に宿した時、信じがたい力を発する。

「鶏冠！」

天青は叫んだ。

途端に弾かれたように曹鉄が走る。だが距離がありすぎる。

「ほろ、ぶ……この国は……滅ぶ……ならば、そなたも……もろとも……」

その瞬間、天青には見えた。

今はなき、美しい小国。

幼い王女がはしゃぐ声。美しい母親に駆け寄り、逞しい父親に頭を撫でられ、くすぐったげに笑う声……。

一転して、死骸の山。

殺された兄。乱暴されかけ、自分で喉を突いた姉。

燃える宮殿を必死で逃げ、平民の子に身をやつし、晒し者にされた両親の首を見つける。腐りかけた、父と母の顔を見る――。

悲鳴のような色と光。

正気を捨て、心の壁をなくした虞恩賢母の悲しみが溢れていた。

あまりにも凄惨な色に囚われて、天青ですら身が竦む。鶏冠を守らなくては。そう思うのに動けない。慧眼の力ゆえに、その大きすぎる負の力をまともに食らってしまった。

曹鉄、頼む。急いで。

悲鳴が響く。怒りと嘆きの悲鳴だ。

剣が振り下ろされる。白髪が躍る。曹鉄は間に合わない。まだ石畳を蹴っている。だめだ。どうしたって、間に合わない――。

どう、と身体が倒れた。

虞恩賢母は立ち尽くしている。ヒッヒッ、と詰まったような呼吸音を立てている。右手の剣には鮮血の色があった。

剣が落ちる。

血を流し横たわる身体の前で、ガチンと硬い音を立てた。

賢母の膝が崩れ「ああああああ」と絶望の声を立てた。曹鉄はあと数歩という位置で立ち止まり、絶句している。

天青もまた、声が出ない。

現状が把握できない。

いったい、なにが起きたのか。なぜ鶏冠が倒れているのか。

そして、なぜ、鶏冠の身体の上に……苑遊が倒れ込んでいるのか。

その背中を血に染めて。

「苑遊様！」

我を失った鶏冠の叫び声が、虞恩賢母の慟哭と重なった。

8

すべては瞬く間のできごとだった。

青い空に、煌めく剣。

鈍く光る、鬼女となった人の眼。

ああ、これが自分の結末なのか……迫る刃を呆然と眺めながら、鶏冠はそう思った。

周囲を偽り続けたことへの神罰かもしれない。だとしたら、甘んじて受け入れよう。葉寧とは和解できた。天青の両眼は青く輝き、曹鉄は武官に戻れた。ならば、思い残すことはない。

……嘘だ。

いやだ。死にたくない。

まだ生きていたい。

まだ、終わりたくない。

それは強い欲望だった。鶏冠が今まで感じてきた中で、一番強く、激しく、俗な欲。

死ぬのはいやだ、ひとりで逝くのはいやだ。

明日が見たい。明後日も見たい。藍晶王子が王となり、庚民世が大神官となり、天青が成長した姿が見たい。皆とともに、歳を重ねていきたい。

だから、死にたくない。

けれど身体は動かない。

鬼気迫る虞恩賢母の眼に、縫い留められてしまった。絶望とは、こんな色をしているのかと知った。

空を切り裂くように、切っ先が振り下ろされた。

ほぼ同時に、誰かが身体ごとぶつかってきた。

鶏冠は倒れた。背中が石畳にぶつかる。空が、いっそう大きく見える。

起き上がれなかった。覆い被さる身体が重くて、動けない。

血の臭いがした。

「けい……」

擦れ声が聞こえる。

亜麻色の髪が視界に入る。

鶏冠がその背中に手を回すと、ぬるりと血で滑った。

「鶏冠……怪我は、ない、か……」

この人はなにを言っているのだろう。

血まみれなのは自分のほうなのに、いったいなにを……。

「え……苑遊さ……」

「鶏……」

ごふっ、と噎せる音がする。

鶏冠は「喋ってはなりませぬ！」震え声を出した。満身の力をこめて起き上がろうとすると、身体がふと軽くなる。曹鉄が苑遊を引きはがしてくれたのだ。

「そ、曹鉄、そっとだ……背中を刺されて……」

「わかっている。……血を止めなければ。鶏冠、この人を支えられるか？」

鶏冠は頷き、座った状態で苑遊を抱き留めた。

頭を肩に埋めるようにさせ、ぐったりとした身体を支える。曹鉄は苑遊の白いチョゴリを引き裂き、傷の状態をたしかめて顔を歪めた。後ろに待機している武官に「布を！」と指示し、渡された白布を傷に強く押し当て止血する。

虞恩賢母はほかの武官たちに捕らえられ、虚脱した顔をしていた。血のついた剣は、無造作に石畳に落ちている。

「鶏冠っ」

天青もやってくる。すぐそばに膝をつき、青い顔で鶏冠と苑遊を順に見た。

「い、いったい……なにがおきたんだよ？」

「わ……私にも、わからぬが……苑遊様が突然……」

いつ目覚めたのだろう。

もしや、この数日は眠ったふりだった？　この人ならばあり得る。

そしていつから、どこで、見ていたのだろう。わからなかった。気づかなかった。とにかく突然飛び出してきて……鶏冠を庇ったのだ。

虞恩賢母の刃を、自らの背中に受け——この身を守った。

僅かに苑遊の頭が動く。やや顔を上げて、天青を見たようだった。

ふ、と吐息が漏れる音がしたが、もしかしたら笑ったのかもしれない。

「天青……しばし、おまえの師の肩を借りるぞ……妬くな……」

この期に及んで、苑遊は軽口を叩いた。止血している曹鉄の顔が強ばるほどの出血だというのに。

「苑遊様……オレには、わかんないよ。なんで？　どうしてなんだよ？　あんたはオレたちの敵なの、味方なの⁉」

天青がぶつける真っ直ぐな質問に、苑遊が弱々しく笑う。

「敵も味方もないが……おまえは、嫌いだ」

「な……」

「苑遊様、喋らないでください」

鶏冠の懇願を聞かず、苑遊は「嫌いだ」と繰り返す。

「……最初のうちはそんなこともなかったのだが……おまえと鶏冠の絆が強くなる様子を見ていたら……ひどく妬ましくなっていった……」

「妬ましいって……」

苑遊は、怪訝顔の天青を一瞥し、今度は軽く顎を上げて鶏冠を見る。

そしてふわりと微笑み「泣くな」と言った。

いつのまにか、鶏冠の頰からはとめどもなく涙が溢れていた。温かな涙はぽつぽつと落ち、何滴かは苑遊の額を濡らす。苑遊はうっとりと目を閉じ「温かい」と呟く。

「苑遊様……っ！」

「ふふ……まだ生きているぞ……。ああ、いい気分だ……天青の前で、おまえをこうして独占できるのは、とてもいい気分だ……」

「苑遊様、喋ってはなりませぬ……っ」

「本当に……妬ましい慧眼児め……」

鶏冠の言葉を無視して、苑遊は喋り続けた。まるで、これで最期になるかもしれないからとでもいうように、言葉を止めない。

「私も……おまえのように……少年の頃に、鶏冠に出会いたかった……命がけで自分を守ってくれる相手に……そうしたら……きっと……」

「苑遊様！」

苑遊の顔色がどんどん白くなっていく。駆けつけた医師が、曹鉄と場所を替わって傷を確認し「これは……」と眉を寄せた。

「は、早く！　早く苑遊様を助けてください！」

「……鶏冠……」

医師に向かって怒鳴る鶏冠を、苑遊のあえかな声が呼ぶ。再び目を開けはしたが、呼吸がどんどん弱くなっているのがわかって、鶏冠は動揺した。

「苑遊様……大丈夫です、必ずお助けします……！」

「……はは……ここで殺してしまったほうがよいだろうに……」

「なにを仰るのです。私が……私があなた様を殺すなど、できるはずがない……！」

天青に鶏冠がいたように、少年だった頃の鶏冠には苑遊がいた。

いつもそばにいてくれた。導いてくれた。

仮に苑遊を慧眼児と呼ぶのならば——鶏冠は慧眼児に守られ、のちに別の慧眼児を守ることとなったのだ。

「たぶん……私は……」

苑遊の手が、なにかを探すように動く。その手を鶏冠はしっかりと握った。亜麻色の睫が瞬き、それから嬉しそうにまた笑う。

「私は……天青となって……おまえのそばにいたかったのだろう……」

「苑遊様、私は……」

「よいのだ、鶏冠……今は……おまえの腕にいる……もし神が本当にいるなら……」

私はこのまま死ねるはずだ……その言葉が終わらないうちに、苑遊の瞼が閉じる。

叫びだしたい気持ちを堪え、鶏冠は医師を見た。

医師は「まだ脈はありまする」と厳しい顔つきで言った。
数人の武官と医師によって、苑遊は注意深く運ばれていく。
手についた血を見つめ、鶏冠は言葉もなく立ち尽くす。

真っ赤な目をした天青が、袖を引っ張ってくるまで……なにも考えられないほどに、鶏冠は衝撃を受けていた。

繊細な細工の施された卓の上に、色とりどりの巻物が載っている。

数えきれぬほどの巻物たちはいくつもの小山を築き、その向こうに埋もれるようにして藍晶王子が難しい顔をしていた。

「これは後回しだ。こっちは……急ぐ必要があるな。赤烏、西南地方からの書状が届いているはずだが、知らぬか？」

「は。これにございます」

赤烏が王子にまた別の巻物を差し出す。手早くそれを広げ、藍晶は眉間の皺を深くした。お呼びがかかったので参上した天青だが、言葉をかけられる雰囲気ではない。

大神官選定から、ひと月ほどが経ったところだ。

最近の藍晶王子は多忙を極めており、胆礬大神官と庚民世も忙殺されている。宮中の変化は大きく、みな戸惑い気味の日々を送っていた。

「天青、すまぬな。これだけ読んでしまいたい」

「はい。……あの、王子様、この巻物って……」

「訴状だ」

「そじょう……」

「主に地方をとりまとめている臣下たちからの、訴えだ。新しい大神官に納得がいかぬだの、貴族への増税には反対するだの……」

やれやれ、と王子は目を通していた巻物を卓に置くと、

「……どいつもこいつも、自分の利ばかりを心配しおって」

溜息混じりに、そう零した。もちろん、この人がこんな顔を見せる相手はごく限られている。

「でもそれって、お父上のお仕事なのでは？」

「父上から命じられたのだ。臣下の不服に効果的な対策を講じよ、とな」

天青にはよくわからないが、きっと重大な仕事なのだろう。それを王から託されるということは、いよいよ藍晶王子が王位に就く日も近いのかもしれない。

「一息入れる。赤鳥、茶をくれ。甘い菓子もだ。頭を使うと、どうにも腹が減る」

はい、と赤鳥が一度退席した。王子が口にするものは、すべて赤鳥が確認するという点は変わっていない。

「それで、天青」

改めて、王子がこちらを見る。

「苑遊の具合はいかがであった？」

藍晶王子に聞かれ、天青は「はい」と頭を上げて答える。

「なんとか身体を起こし、食事が取れるようになっています。あと何日かで動けるようになるみたいです。奇跡的な回復だと、医師も驚いていました」

「それはそなたのおかげではないのか？」

「違うと思います」

天青は正直に答えた。確かに、慧眼児としてなにかできはしないかと、伏した苑遊の中に入ることを試みたが……できなかった。苑遊もまた、特別な力を持つ者だからなのか。あるいは、単に天青が嫌われているからなのか……理由はわからない。

「鶏冠はどうしてる？」

「今日は町に薬を買いに行きました。王宮の薬房では扱ってないけど、よく効く薬があるらしくて……。そういう時以外は、つきっきりで看病してます」

「そうか。苑遊は、なにか話したか？」

それが、と天青は肩を落とす。

「もう喋れるはずですが、口をきくことはあまりありません」

天青は横たわる苑遊の顔を思い出す。

いまだ青白い顔で、天青をじっと見上げていた。慧眼児としてではなく、鶏冠づきの書生として、天青もずっと看病していたのだ。榛色の瞳には光が戻りつつあった。だが会話はごく少ない。天青が苑遊の手足を拭いていると、「すまぬな」と呟く程度だ。

鶏冠と苑遊もまた、ほとんど黙っている。けれどそれは居心地の悪い沈黙ではなく、思いがけぬほど穏やかな静寂だった。

苑遊は、鶏冠が運ぶ匙《スッカラ》を黙々と口にした。

食事の介助を手伝いながら、天青は思った。

まるで、親鳥に餌をもらう雛のようだと。

「思えば……苑遊はずっと、鶏冠に対してだけ詰めが甘かった」

油菓《ユグァ》をつまみながら、藍晶王子は語った。

「曹鉄を王に据えたいのならば、そのための弊害となる鶏冠とそなたを始末してしまうのが一番早い。だがそなたは慧眼児だ。得がたい存在だし、生かしておけば価値があるかもしれん。反して、鶏冠はただの神官。私が苑遊の立場だったら、なにより先に鶏冠を殺すだろうな」

「お、王子様」

「喩え話だ。しかし理にかなっているだろう？　鶏冠はそなたの精神的な支えでもあった。たぶん、曹鉄にとっても同じだ。だとしたら、いなくなってくれたほうが都合がいい。苑遊にはいくらだって機会があったはずだが……そうしなかった」

王子の指摘は正しい。画策に長けている苑遊ならば、早々に鶏冠を始末すると考えたほうが自然だ。

「どういう理由があるのかは知らぬ。だが、苑遊にとって鶏冠が死ぬことは……自分が死ぬよりもっとひどい事態だったらしい。だから身を挺して守った」

「……苑遊様は……オレになりたかったって……」

「そなたに？」

「刺された時、言ってました。オレになって、鶏冠のそばにいたかったって。だから、オレが妬ましかったって」

「それはまた……不可思議な執着だな」

藍晶王子はそう言って首を傾げたが、ちょうど茶の支度を終えた赤烏がぼそりと「わかる気がいたします」と口にした。ほとんど独り言のような声だった。

「わかるのか、赤烏」

「非道に落ち、命すら捨ててなお、失いたくない者がいる気持ちは……わかります」

「苑遊にとって、それが鶏冠だったと？」

「おそらく」

目を伏せたまま返事をする側近を見て、王子は「……そんなものかもしれぬな」としんみり呟いた。

鶏冠と苑遊は似ている。

……いや、似ているというのは違うかもしれない。共鳴している、だろうか。ある種の孤独を抱えた者同士は、魂が共鳴するのだ。色と光が混じり合い、互いの影響が大きくなり、やがて欠かせない存在になる。口には出さなかったが、藍晶王子と赤烏にも同じ波動を感じる。

天青は、鶏冠も苑遊も好きだった。

ふたりとも、尊敬する師範だった。

なのになぜ、こんな結末になってしまったのか。それを考えたところで始まらない。過ぎた時は戻らず、とにかく、苑遊は一命を取り留めたのだ。

本当によかったと思う。あのまま苑遊が死んでしまったならば……鶏冠の心は壊れてしまったかもしれない。天青だけではだめなのが悔しいが、それは真実だ。

鶏冠の中には、苑遊がいる。

そして不思議なことに、天青の中にも苑遊がいる。

言葉で説明することは難しいが、たしかにいる。苑遊とともに、鶏冠の心の奥深くまで降りた時、三人の魂が混じりあったのかもしれない。

ならば、苑遊の中にも、鶏冠と天青の一部が棲んでいるはずだ。

そうだといい。そうであってほしい。

「うあー、暑い！　あつあつあつッ！　世子様、この暑さはなんとかなりませぬか！」

どっかどっかと回廊を響かせ、やってきたのは櫻嵐だ。

藍晶王子は姉姫を見て笑い「無茶を仰いますな」と答えた。

「姉上、チマをお召しになればよろしい。風が通って涼しそうではありませんか」

「それです！　私もさように思い、試してみたのですが、すぐ紀希に止められまして」

「なぜです？」

「あ。オレ、わかる」

天青の隣に胡座をかき、櫻嵐が「ほう。言ってみろ」と顎をしゃくる。

「バッサバサしただろ」

「むー」

櫻嵐が口を噤み、藍晶は「バッサバサ？」と首を傾げた。

「あれですよ、王子。こう、チマを摑んでバッサバサ扇いで、中に風を入れると……」

「それでは、おみ足が丸見えではありませぬか」

藍晶王子は呆れた様子だったが、櫻嵐は「私の足に価値などありませぬゆえ」と涼しい顔だ。

「とんでもないことです。姉上は嫁入り前のお身体なのですから」

「嫁になど行きませぬ」

「姉上」

「というか、行けるとお思いですか王子？　この世のどこを探したら、普段は男装で、チマを穿かせればバッサバサやりだす女子《おなご》を娶りたい男がいるのです？」

「いや、それは……き、きっといます……どこかに……たぶん」

苦しい返答に、櫻嵐は「いいのです、ご無理をされなくとも」とややしらけ顔だ。

たしかに櫻嵐はあらゆる意味に於いて規格外な女性だが、それ以上の魅力を備えている。思いを寄せる男は、きっといるはずだ。天青はそう思ったのだが、今言ったところで聞きはしないだろうと、ただ笑っているだけに留めた。ふと横を見ると、赤鳥まで俯いて笑いを嚙み殺している。

「ああ、それにしても暑い」

櫻嵐が繰り返す。

たしかに、今朝からの暑さはことさらだった。黄瓜《おうか》の月も下旬となり、いよいよ本格的な夏の到来である。夏の太陽は作物を育ててくれる。梅雨にたっぷり水分を吸った種や葉が、これからぐんぐん伸びるだろう。

しばし三人で語らい、王子の仕事の邪魔にならぬよう、天青と櫻嵐は房を出た。

櫻嵐はずっと暑い暑いと文句を言い、挙げ句に「どうせここまで暑いのだ。曹鉄と剣の稽古をする」と言い出し、武官たちの宿舎へと向かっていった。いきなり現れた姫に呼び出され、慌てる曹鉄の姿が目に浮かぶ。

「ガウッ」

「お、ハク。どこにいたんだ？」

茂みから飛び出してきた白虎の頭を撫でると、ハクは天青の袖を咥えて引っ張った。急げ、と言いたいらしい。

「なに？　鶏冠になんかあったのか？」

走り出したハクに続いて、天青も駆けた。鶏冠は現在、一時的に神官の職務から離れ、大神官殿の奥で寝起きしている。苑遊も同じ房に運ばれていた。

「鶏冠！」

房に入るより早く、庭に佇む鶏冠が見えた。

周囲から隔てられた小庭は、房から直接出入りできるようになっている。竹林に囲まれ、小振りな池が設えてある清涼な庭だ。

「……天青か」

竹林の陰の中、鶏冠がゆっくりと振り向いた。これと言って変わった様子はない。

「町から戻ってたんだね。探してた膏薬、あった？」

「……ああ、あった」

どこかぼんやりと答え、鶏冠はやや顔を仰向けて目を閉じる。さわさわと、竹の葉擦れが耳に涼しい。

「鶏冠……？」

「膏薬はあったが……無駄になったな」

「え？」

まさか、苑遊の容態が急変したのだろうか。天青は踵を返し、濡れ縁を飛び越えるようにして房の中に入った。苑遊が療養しているはずの場所である。

「……いない……？」

房の中は無人だった。

苑遊が伏しているはずの布団にも、誰もいない。上掛けがきれいに畳まれていて、敷布はすでにひんやりしている。天青は面くらい、再び庭に飛び出す。

「け、鶏冠、苑遊様がいないっ！」

「私が戻ってきた時にはもういなかった。どうやら宮中から去ったようだ」

「だ、だって、まだ治ったわけじゃないのに……っ」

「本当に……無謀な御方だ」

ふ、と鶏冠が笑う。

諦めと、悲しみと、慈愛がまざりあったような、複雑な微笑みだった。

「商人らが使う門に、ふだん出入りのない荷馬車が待機していたと、護衛から聞いた。前もって準備していたのだろう。病人だというのに、油断のならない……」

「大神官様にお知らせしようよ。今から追えば、まだ間に合うよ！」

「よい」

「でも」

「よいのだ、天青。いつかはこうなるだろうと、わかっていた。傷もだいぶ塞がっていたし、命に別状はなかろう。……大神官様には、今宵にでも報告する」

わかっていた？

苑遊が突然いなくなることがわかっていたというのか。

わかっていたなら、なぜ引き留めないのか……そう聞きたい天青を察したのか、鶏冠は「あの方は風だ」と語る。

「ひと処に留まる方ではない。外つ国から来て……また去っていった。自分がいなくなったほうが、うまくいくとわかっているのだ。王は母たる虞恩賢母に厳しい処罰を与えられまい。諸々、苑遊様の罪としてしまえば、収まりがよい」

「そんな……鶏冠は、それでいいの？」

「なに、あの方は捕まらぬ……風なのだからな」

ひゅう、とひとすじの風が鶏冠の髪を乱す。まるで今の話を聞いていた苑遊が（そのとおり）と笑いながら答えたかのようだった。

「手紙を置いていかれた」

「え」

「おまえ宛てだ、天青」

鶏冠は袂から書状を出し、天青に渡した。慧眼児殿、と表に書かれている。見事な筆跡はたしかに苑遊のものだ。

「鶏冠にも、あったのか？」

「いや。おまえにだけだ」

「……な、なんて書いてあるの？」

「知るものか。人宛ての文を読むほど無粋ではないぞ」

ごめん、と天青は謝り、それから書状の封を開けた。鶏冠は足音をほとんど立てずにその場を去ろうとする。ひとりで読ませてやろうという心遣いなのだろう。

だが天青は、鶏冠を呼び止め「ここにいて」と頼んだ。

なにか、とても重要なことが書かれているような気がした。ひとりで読むのは、少しばかり不安だったのだ。

鶏冠は、天青を見ないよう、隣に佇む。

さらさらと風に吹かれながら「夏になったな」などと関係のないことを呟く。

「今年は水不足にならぬといいが」

「……去年は大変だったよね」

「民が苦しんでいるというのに、おまえたち書生は水をざぶざぶ使って……本当に腹立たしかったぞ」

「鶏冠にすごく叱られて……苑遊様が、まあまあ、ってあいだに入ってくれたんだ」

「あの方は書生たちに甘いところがあった」

「鶏冠が厳しすぎたから、ちょうどよかったんだよ」

「神官を目指す以上、厳しすぎるくらいでちょうど……天青……？」

わざと気楽な会話を装いながら、天青は文を広げていた。

その中に書かれていた文章はあまりに短く、すぐに読み終わってしまう。

「……天青、大丈夫か」

だめだった。ぜんぜん大丈夫じゃなかった。

涙がぶわりと溢れて、ぼろぼろ流れる。一緒に鼻水まで流れてきて、天青は慌てて袖口で拭った。短い文章は天青の心に染みいり、魂を震わせた。

こら、と鶏冠に叱られて、手巾を差し出される。

受け取った手巾の代わりに、書状を渡した。

「読んでよいのか」

問われて、鼻をズビズビいわせながら頷く。まったく、恥ずかしい。来年は十五になろうというのに、こんなに泣き虫だなんて。だが、今回は仕方ない気がする。あんな言葉を残されたら、泣いてもしょうがない。苑遊がなにを思ってあの一文を書いたのか、想像すると、胸が軋んだ。

きっと、鶏冠も泣く。

わかりきっている。この手紙は、実のところ天青よりも、鶏冠の心に響くはずだ。苑遊はそうとわかって残したに決まってる。本当に狡い人だ。

狡くて、賢くて、最後まで寂しかった人。

あれほど苦汁をなめさせられたのに、天青は苑遊を嫌いにはなれない。

鶏冠が文を広げる。

天青は鶏冠を見なかった。師の涙を見ない心遣いくらいは、できるようになった。

風が手紙の端を、かさかさと歌わせていた。

鶏冠を守れ。

それが苑遊の残した、最後の言葉だった。

国栄える時、白虎あらわる。
白き虎を従えるは慧眼児なり。
その者、輝ける蒼き双眸にて、衆生を導く。

終章

まずいまずいまずい、遅刻だ。

心中で叫びながら、陽明《ようめい》は全速力で走っていた。

足には自信がある。近所の悪童たちの中でも一番速かった。いつも悪戯ばかりしていたので、母親に拳骨を食らう前に逃げる必要があったのだ。もっとも、三度に一度は捕まって、ゴッツンと強烈なのをお見舞いされていたが。

必死に走る陽明だが、いつもより速度が出ない。

原因はわかっている。真新しい沓と、着慣れない書生服のせいだ。

いつものぼろい草鞋ならば、もっと足裏でしっかり地面を蹴れるのに。露草色の書生服もやたらと糊がきいていて、パリパリと身体にまつわりついて動きにくい。とはいえ、文句など言えばバチが当たる。書生服は支給されたものだが、沓は母親が大事にしていた簪を売って仕度してくれたのだ。そもそも、陽明が寝坊するのが悪い。

「はっ、はっ……ひぃ……」

息が上がって苦しい。

寝坊したのは、昨夜遅くまで『神官書生読本　初級編』を読んでいたからだ。明日から神官書生として宮中に上がる……そう思うとどきどきして寝つけず、あらかじめ配布されていた読本を繰り返し読んでいた。

陽明は良民の子である。

両親は竜仁で陶磁器の商いをしており、食うには困らないが、かといって豊かとはいえない。それでもなんとか金を工面して、陽明を学処に通わせてくれた。

学処はまだ三年前にできたばかりで、子供たちに読み書きや算術を教えてくれる場所だ。新しい王様の命で設けられた学処は、今まで貴族と金持ちの子しか通えなかった学問所と違い、さほど金がかからない。おかげで陽明のような家の子でも通えるのである。また、やる気のある子供には、歴史や教典も教えてくれる。

陽明は駆けずり回って遊ぶ子供だったが、同時に学問も好きだった。

文字を覚えれば、世界は果てしなく広がる——そう教えてくれたのは、最初の師だった燕篤《えんとく》準師だ。

さる貴族に仕えるまだ若い人なのだが、週に三日ほど無償で子供たちに勉学を教えてくれていた。隷民だという噂も聞いたが、陽明は気にしなかった。学処には何人かの師が来ていたが、一番頭がよく、教え方がうまいのはまちがいなく燕篤準師だった。

燕篤準師が教えてくれた言葉は嘘ではなかった。

文字を覚え、書を紐解けば、まったく知らなかった世界へ飛んでいける。

その感覚を……この背に、見えない翼を授かったかのようなあの高揚を、どう表現したらいいだろう？

詩歌で世界は光り輝いた。

歴史を知ればかつての英雄をすぐそばに感じられた。

陽明は夢中で学問に打ち込み、二年のあいだに学処で一番の成績を取るようになった。そこで、燕篤準師の主……邸鹿穏《きゅうかおん》様に呼ばれ「宮中神学院の試験を受けてはみないか」と言われたのだ。

びっくりした。

ドびっくりだった。

宮中も神学院も自分にはまったく関係のない場所だと思っていたのだ。だいたい、あそこは貴族の子息が通う場所である。とんでもないです、と頭を下げると、鹿穏様はつまらなそうな顔で、

――そう言わずに受けてくれまいか。宮中神官の偉い方に頼まれているのだ。学処に見所のある子がいれば、身分に関係なく推挙してくれとな。

そう言ったのである。かくして、陽明は試験を受け……これまたドびっくりなのだが、合格してしまった。燕篤準師は喜び、隣近所は万歳三唱、両親はあたふたしまくっていた。母親など「あたしが頭を叩きすぎたから、賢くなったのかねえ」などと、訳のわからないことを言い出す始末だ。

「はひっ、はひっ……もう少し……っ」

とにかく、周囲の期待を背負っている陽明である。なのに初日から……大事な入学の儀式から遅刻だなんて、とんでもない。心の臓が口から飛び出しそうになっても、まだ走った。

すでに宮中内には入っている。だが宮中というのが、これまた広いのだ。

「こ、こっちが……神学院だよな……っ」

石塀の向こうが神学院なのはわかっていた。しかし門まではまだかなりある。くそう、こうなったら……と、陽明は手近な木に登り始めた。

塀を越えて、内部に入り込めばいいのだ。そのほうが、絶対に近い。

「えいやッ！」

てっぺんに近い枝から、ひょいと壁に飛び移る。母親にさんざん「おまえは猿かっ」と叱られたやんちゃな陽明である。これくらいは楽勝だ。

「おい。なにをしている」

だが、壁の向こう側に人がいたとわかり、さすがに驚いた。身体の均衡を崩し「あわわわ」と慌てて、たたらを踏む。

「ははは。壁を越えて入ろうとは、まるで猿の子だなあ」

「す、すすすす、すみませっ……」

「ああ、その書生服は……新入生か。まずいぞ、もう入学の儀が始まっている」

「えっ……わ。うわあっ！」

狼狽えた拍子に、とうとう塀から足を滑らせた。

骨を折るような高さではないが、おかしな体勢での落下だ。怪我をしてしまうかもしれない。その恐怖に竦んだ時、ふわりと身体が浮いた。なに、と思う間もなくそのまま一回転する。回転しているあいだに体勢が整い、さらに落下速度が緩まって、陽明はすとんと地面にうまく着地できたのである。

「え……え、あれ？」

なにが起きたのかわからない。すると、下にいた人物が「少し手伝ったぞ」と、どこか悪戯小僧のような口調で言った。

顔を上げ、初めて相手の顔を見る。背の高い、二十歳前後の若者だった。

「い、今どうなったの？」

「なに、おまえの身体を空中で回して、均衡を戻しただけだ」

「そんなことできんのっ？」

「普通はできないな。……口開けてびっくりしてる場合じゃないんじゃないか？」

にっこりと笑い、青年が言う。大きな目の下の鼻筋はスッと通り、とても聡明そうなのに、どこかやんちゃな雰囲気がある。

「初日から遅刻じゃあ、老師範にこってり絞られちまうぞ〜」

「あっ！　え、えっと……！」

慌てて走り出そうとする陽明の襟首を摑み「待て待て」と青年は止めた。

「近道がある。あの灌木を抜けて、道に出たら右に行くんだ。そうすると、学舎の裏庭に出る。もうみんな整列しているころだから、さりげなく列の一番後ろに紛れ込め」

「わ、わかった」

「幸運を祈る！」

茶目っ気たっぷりに見送られ、陽明は言われたとおり灌木の茂みに入り込んだ。わさわさと枝をかき分けながら、今のは誰だろうと考える。宮中に入るにあたり、多少は情報を仕入れてきた。神官服に似た形の衣服だったが、衿の刺繡が鶴ではなく、虎だった。虎といえば、たしか武官服の紋章だ。しかし、若者は剣を下げていなかった。さらに、刺繡は白い虎だった。そんなの、聞いたことがない。

「ぶはっ」

灌木の中を這うように進み、やっと道に出た。

四つん這いのまま、やれやれと顔を上げた時……。

「なにをしている」

「ひゃっ！」

またしても唐突に声をかけられ、陽明は首を竦めた。今度は武官だ。着ているものと大きな剣ではっきりわかる。立派な体軀をした眉の凜々しい男で、陽明が子供だとわかると、剣にかけた手を元に戻した。

「ほら、出てこい。ちゃんと立って……ん？　神官書生か」

「は、はい……オレ、ここが……近道だと聞いて」

「確かにそうだが、こんな道を通っていたら怪しまれるぞ。いったい誰に聞いた？」

わかりません、と陽明は答えた。

「名前、聞いてなくて……。あ、衿に白い虎の刺繍がありました」

「……ああ。なるほどな」

あいつなら教えるだろうよ……そんなふうに呟いて少し笑い、男が髪についた木の葉を取ってくれる。

「神学院の裏庭に出たいのだろう？　右に進んで、ケナリが咲いている向こうだ。そーっと行けよ、遅刻は大目玉だ。……老師範はおっかないぞ」

また老師範という言葉が出た。これはよほど怖い爺さんがいるのだなと、陽明は緊張して頷く。

武官と別れ、ケナリの茂みまで辿り着いた。

ここからはそろそろと進まなければならない。ケナリの向こう側に、立ち並ぶ書生たちが見てとれる。自分と同じくらいの背格好だから、初級書生たちだろう。今まさに、入学の儀式の真っ最中らしい。列の先にある壇上では白い髭を蓄えた神官がなにやら演説をぶっている。さては、あれが老師範だなと、陽明は注意深く観察した。なんとしても、老師範に見つからないようにしなければならない。

身を低くし、足音を消してそろりそろりと近づいて行く。

最後尾の書生が陽明に気づいたが、（しっ）と身振りで伝えると、またすぐに前を向いてくれた。老師範は嗄れた声で演説を続け、陽明にはちっとも気がついていない。しめしめ、これならうまく行きそうだ。

あと少し。

あとほんの数歩で、列に紛れ込める。

残り三歩というところで、陽明は中腰からじわじわと身体を伸ばしはじめた。もともと、背丈はそう高くない。うまくいきそうだ。もう大丈夫だろうと踏んで、最後にスイと背筋を伸ばしたその時……。

ぽかり。

「いて！」

いきなり後頭部に一撃を食らった。

そう力は入っていなかったのだが、驚いて声を立ててしまう。頭を押さえながら振り返ると、ほっそりした神官が陽明の前に立っていた。

「初日から遅刻とは、よい度胸ではないか」

眉をツッと寄せ、不機嫌な声で言われたにもかかわらず、陽明はぽかんと神官の顔を見つめてしまった。

一世の中には、こんな顔の男がいるものなのか。

白磁の肌に、描いたような眉。くっきりとした眦に、長い睫……宮中の女官は美女揃いと聞いていたが、この男の前ではほとんど霞んでしまうだろう。歳は……若く見えるが、落ち着いた風情からしてそこそこいっているかもしれない。前髪がひと房だけ鮮やかに赤く、それがいっそう印象的だ。

「こら。聞いているのか、燦《さん》陽明」

「あたたたたっ」

耳をキュッと抓られ、陽明は我に返る。

「な、なんでオレの名前……」

「くれぐれもよろしくと鹿穏殿より承っているのだ。なのに、当の本人が遅刻とは」

「すすす、すみませんっ。昨夜、遅くまで神官書生読本を読んでて……っ」

「ふむ。それが本当ならば、私のあとに続けてみせよ」

美しいが厳しい神官が、これまた心に染みいるようなきれいな声で言う。

「学ぶ喜びは、美食の喜びに勝る。学ぶ喜びは、惰眠の喜びに勝る。学ぶ喜びは、虚栄の悦など足下にも及ばぬ。……続きは？」

はい、と陽明は姿勢を正した。

「だが善き友を得る喜びは、学ぶ喜びに勝るとも劣らない！」

とくに好きなくだりなので、しっかり覚えていた。

宮中の学舎で、どんな友に会えるだろうかと楽しみにしていた。

友だけではない。きっと、素晴らしい師もたくさんいるはずだ。

「嘘ではなさそうだな」

神官が頷き、少し曲がっていた陽明の衿を直してくれる。

「しかし、いかな理由であれ遅刻は許されぬ。おまえは本日より、民が汗して納めた税により、この宮中神学院で学ぶことが……」

「けーたん！」

説教の途中で、甲高い声がした。

え、え、誰？　と陽明はきょろきょろしたが、周囲に変化はない。すでに儀式は中断し、書生や師範たちみなが、こちらに注目している。

「けーたんっ。こえ！　こえあげうの！」

舌足らずの声は下のほうから聞こえてきて、神官の長衣の膝丈あたりから、ぴょこんと小さな顔が出てきた。なんとも愛らしい女の子が、なにかをぶんぶん振り回している。

いつのまに入り込んだのやら……まだ二、三歳ではないだろうか。

「……姫様。またおひとりで出歩いてますね。叱られますよ？」

「こえっ！」

「これ？　なんです？」

神官が問うと、女の子が振り回す手を止めた。小さな手に握られているのは蛙の脚で、もちろん脚の先にはぐったりと目を回した蛙がぶら下がっている。

取る。

神官は自分の眉間を軽く押さえ、吐息をひとつ漏らしながら、差し出された蛙を受け
女の子は屈託なく笑った。

「きゃーる！」

「きゃーる、ぴょんぴょんって！」

「……そうですね。蛙はぴょんぴょんです。しかし姫様が振り回されたので、今はぐん
にゃりしています」

神官の手のひらで動かない蛙を見て、女の子は途端に笑顔をなくし「きゃーる、しん
じゃった……？」と小声で言った。見る見るうちに大きな目に涙が溜まりだす。

「いいえ、まだ死んでは……」

「にゃあああ！　きゃーるしんじゃったあ、きゃーるぅぅ」

「いいえ、姫様、きゃーるはまだ……」

「うにゃあああああ！」

神官は眉間の皺を深くし、周囲の書生たちはいっせいに耳を塞いだ。

すごい音量なのだ。

こんなに小さな身体なのに、たいした肺活量である。神官はまだ蛙が生きていること
を説明しようとするのだが、もう子どもは聞く耳を持たない。神学院の庭に泣き声が響
き渡り、儀式どころではなくなってしまった。

「あれあれ、なんの騒ぎだよ」

そこへひょっこり現れたのは、さきほど陽明が塀から落ちた時に会った若者だった。

「天青。どこへ行っていたのだ」

「うわー、姫様大泣きじゃないか。よしよし、老師範様にいじめられたのか？」

そう言いながら、青年は身を屈めて女の子の涙を拭い、抱き上げる。

「なにを言うか。私はいじめたりしていない」

「……老師範？」

聞き違いかなと思った。

「ただ姫様は、この蛙が死んでしまったのではと」

「え、いま、老師範って言った？　この人が？　だってぜんぜん爺さんじゃないよ!?」

「うるさいっ」

つい割り入ってしまった陽明は、またしてもぽかりとされる。

「目上の者が話しているあいだは、黙っていなさい」

「……すみません……」

肩を竦める陽明を見て、青年が快活に笑う。天青という名らしい。

「あははは。老師範っていうのは、師範神官の責任者のことだよ。歳は関係ない。おまえ、うまく忍び込めなかったんだな？　せっかく教えてやったのに」

「……はあ。見つかっちゃって」

「天青。おまえが新入生に余計なことを教えてどうする。そんなことで、これから師範が務まると思うのか。だいたい、おまえはいつまでも書生気分で……」

「なんだなんだ、またここに来ていたのか、姫！」

またしても説教は強制終了された。

年若い老師範がぐっと喉仏を動かし、悔しげに言葉を止める。中断させたのは、異国風の装いをした、線の細い青年だ。これまた女性のようにきれいな顔立ちをしている。

天青が女の子を下ろすと、すぐに「うわあん」と青年の脚に縋りつく。

「だめだろ、勝手に房を出ちゃ」

「きゃーるが、きゃーるがぁぁ」

「蛙がどうしたって？」

「櫻嵐様、実は姫様が振り回していた蛙が……」

老師範が言いかけた時、件の蛙が「ゲコッ」と鳴いた。

ようやく意識を取り戻したらしい。自分が人間の手の上にいると知ると、すぐに地面に飛び降り、あわてふためいて逃げていった。ぴょこぴょこと立派な跳躍を見せていたから、心配はなさそうだ。

女の子がぱちくりと瞬きする。

「きゃーる……」

「ん。きゃーるはおうちに帰ったのだ。さ、我々も戻らないとな……。あのなあ、姫、おまえがいなくなるたびに、私が紀希に叱られるんだぞ？」

「あい……」

素直に頷く女の子を、青年が手慣れた様子で抱きあげる。

「鶏冠に会いたくなったら、ちゃんと言いなさい。連れてきてあげるから」

「あい、ははうえ」

……え？

「よし。邪魔したな、鶏冠」

「お気をつけて」

鶏冠と呼ばれた老師範が、丁寧に頭を下げる。

その名は世事に疎い陽明ですら知っていた。瑛鶏冠といえば、次の大神官となることが約束された御方だ。それほど偉い人がこうも頭を低くするということは……今の青年は王族なのかもしれない。

いやいやそれより、あの子「ははうえ」って言わなかったか？

ははうえって母上？　おっかさん？　あの青年が？

おそらく、陽明の頭の上は疑問符が飛び交っていたのだろう。天青がこちらを見てにやりと笑う。

「どうだ、燦陽明。宮中とは不思議に満ちていて面白いだろ？」

「え……は……あの……」

どう答えたらよいのかわからず戸惑っていると、鶏冠老師範が「説教はあとだ。並びなさい」と列を示す。陽明がおとなしく収まったのを確認すると、天青とともに壇上へ向かって歩き始めた。

「儀式を再開する」

壇上から、鶏冠老師範が告げた。書生たちはみな改めて姿勢を正し、陽明もぴしりと背筋をのばした。隣に立っている、少し太り気味の新入生と目があった。むっちりとした頰が陽明を見て、親しげに笑ってくれる。嬉しくなって、陽明も微笑みを返した。

「諸君ら、初級神官を指導する師範を紹介しよう。瑛天青師範、挨拶を」

鶏冠老師範が一歩後ろに下がり、天青師範が進み出る。

師範神官になるためには、かなりの経験を積まなければならないと聞いていたのだが……この天青という師範はどう見ても若すぎる。瑛の姓だったから、瑛鶏冠様の親類縁者なのだろうか。

「えー」

いまひとつ緊張感のない声で、天青師範が喋り出す。

「諸君は神官書生の新人ですが、オレは……じゃなくて、私は師範神官の新人です。ともに学んで成長していきましょう。オ……私の講義は主に心身の鍛練です。これは藍晶王の発案により新たに取り入れられたもので……野を駆け回ったり、崖をよじ登ったり、仲間とケンカしたり、そういうことをします」

ケンカ？

陽明は耳を疑った。心身の鍛練に、なぜケンカが必要なのだろうか。

「要するに、学問だけではよい神官にはなれないので、身体と心も鍛えましょうということだな、うん。はい、質問ある人」

「あ、あのう」

前のほうにいた書生がおずおずと手を挙げ「ケンカは……どうして必要なのでしょうか」と陽明と同じ疑問を呈した。天青師範はにこにこしたまま、

「だって、たまにはケンカになっちゃうだろ？」

と当然のごとく答える。

「それにね、せいぜいおまえたちくらいの歳までなんだよ。友達と遠慮なくケンカして、でも簡単に仲直りできるのって。大人になってからじゃ難しい。いろいろ面倒くさい事情が出てくるからな。なので、今のうちにしておくのがいいわけ。ほかには？」

はい、と今度は隣のむっちり少年が手を挙げた。なかなか積極的な子のようだ。

「心身を鍛えれば、慧眼児様にお会いしても恥を掻かなくてすむのでしょうか！」

慧眼児……陽明も聞いたことがあった。

その人は麗虎国の宝とされている。人の心が見えるという特別な才を持っているからだ。つまり、心がきちんと鍛練されていれば、慧眼児に見られても大丈夫か……そういう趣旨の質問だろう。

しかし、書生たちのほとんどがクスクスと失笑を漏らす。

「あれ。なんで笑うのかな」

天青師範が聞くと、最前列のツンと澄ました様子の少年が「だって、師範様。あんまり愚かな質問だからです」と答える。あれはきっと貴族の子だ。いるんだよ、親が偉いと自分まで偉いんだと勘違いする奴……陽明は心中でそう思ったが、まだ口には出さない。隣のむっちりくんは、可哀想に顔を真っ赤にしていた。

「どうして愚かだと？」

「慧眼児なんていません。額に目があって、人の心を見破るのでしょう？　あれはただの伝承にございます」

「つまり、作り話？」

「そうに決まっています。……父が申しますには……ええ、我が父は地方にて文官を務めておりますが、七、八年ほど前にはそんな噂もあったそうです」

「どんな噂かな」

「王宮に慧眼児が現れ、お世継ぎや大神官を決める手助けをしたとか」

「ほほぅ」

「でも噂にすぎません。だいたい、この数年間はまったくそんな話は聞きませんし」

ツンがちらりと後ろを振り返り（馬鹿な質問をした奴は誰だ）という顔をする。なんかヤな奴だなあ、と陽明はむかっ腹が立った。ケンカ相手にはちょうどよさそうだ。

「あー、この数年平和だったからなあ」

のほほんとした調子で天青師範が答える。

「あとは、藍晶王の御代になって以来、よほどのことがない限り慧眼は使わないという律ができたのもある。うん」

「……え？」

「慧眼児が、藍晶王に頼んだんだ。人の心は変わる。ゆえに人の纏う気の色もまた変わる。変わりゆくものに対して、その場限りの判断を下すのは、果たして正しいのだろうか……とね。それに、他者の心というのは、そう容易に踏み込んでよい領域ではない。そんなことも申し出た」

「慧眼児が、ですか？」

「そうだ」

書生たちがざわめき出す。

え、いたの？　慧眼児っていたの？　ほんとの話だったの……？　そんな声がそこかしこから聞こえてくる。

「藍晶王は慧眼児の言いたいことを、よく理解してくれた。さらに王ご自身も、政というのは特別に力を持つ者に左右されてはならない、それは甚だ危険なことだと感じていらした。というわけで、慧眼は使われなくなったんだ。ま、緊急事態の場合はまた別だろうがな」

「そ、その話が本当だとしたらもったいないではありませんか。慧眼児の力があれば、必ずや麗虎国は栄え、民は幸せになるはずなのに！」

むっちりくんを小馬鹿にしたツン書生が熱弁をふるう。だが天青師範は「それは違う」と穏やかに否定した。

「国が栄え、民が幸せになるために必要なもの……それは慧眼児ではない。ただひとりの、特別な力を持つ者ではないんだ」

「では、誰がその役割を担うというのですか！」

むきになって聞く書生に、天青師範が微笑む。

そして、すっ、とその右手を挙げた。

手のひらを上にして、顔の高さまでもっていく。

……あれは、なんだ？

陽明は目を凝らした。天青師範の手に、小さな光の玉がふわふわと浮いているのだ。

ふっ、と息を吹きかけた。

光の玉が宙を走り、書生たちの頭上で弾ける。パパッと強い光に晒され、誰もが思わず目を瞑り——そして、見た。

汗にまみれて鍬をふるい、働く女。

軋む荷車を引き、野菜を売り歩く男。

妹を背負い、弟の洟を拭いてやっている子ども。

そんな貧しい子どもたちとともに深く屈み、地面を削って文字を教える青年。

声を張り、剣を振るい、懸命に訓練する武官。

息つく間もなく、筆を走らせる文官。

目を閉じているはずなのに、はっきりと見えた。目にではなく、心に映った。

誰しもが、一途に自分のすべきことをしていた。己の仕事に真摯に向き合い、懸命に生きていた。その中には、臣下からの訴状に埋もれ、懊悩する藍晶王の姿すらあった。

王様もまた、ひとりの人間なのだと、この瞬間初めて実感する。

――特別な者など、必要ない。

澄んだ声が、胸に響いてきた。

――この国に生きるすべての人々が、幸福を望み、考え、為すべきを為し、誰かに助けられ、誰かを助ける。それが世の在り方だ。

(一生懸命、勉強すんだよ)

ふいに、陽明の耳の奥で母親の声が蘇った。

(いいかい、陽明。自分のためじゃなく、みんなのために勉強しといで。誰かのためと思ったほうが、人間てのは力が出るもんだ。おまえが誰かを助けりゃあ、いつかおまえも誰かに助けてもらえる。世の中ってのは、そういう具合にできてんのさ)

ガサガサに荒れた手で、陽明の頬に触れて、そう言っていたのだ。陽明にはまだよくわからないけれど……天青師範の言葉は、母親が言っていたのと似ている気がする。

眩しさが和らぎ、視界が戻ってくる。

書生たちはみな驚きのあまり声も出ない。今自分たちの見た光景はなんなのかと、呆然と立ち尽くしている。中には、腰を抜かしてへたりこんでしまった者もいた。

陽明だって仰天していた。優れた神官は、不思議な術を操るという噂も聞くが……天青師範はいったいなにをしたのだろう。

「ま、そんなわけで」

当の本人はしれっとした顔で言葉を続ける。後ろで見守っている鶏冠老師範も、ことに驚いた様子もなく淡々とした表情だ。

「麗虎国が真に幸福な国となれば、慧眼児なんて者はいらないわけだ。そのために諸君も、よく仲間とともに勉学に励み、心身を鍛え……」

「ほ、本当はいないんでしょう⁉」

せっかく天青師範がそれらしく喋っていたというのに、例のツンが遮る。

「師範様は今、た、たぶん特別な香とか、そういうものを使って、僕たちを術にかけ、喩え話をなさったんですよね？　慧眼児などがいたとしても、それに頼ってはならないという、大切なお話だったんですよね？　そうですよね？」

「うーん、いや、そういうことにしてもいいんだけど……オレも今は師範神官だから、嘘つくのもなあ……」

ぽりぽりと頭を掻き、天青師範が困っている。

「だっているわけないです。額にみっつめの目があるなんて、そんな人間……」

「あ、それは違う。その部分はちょっと間違ってる」

「……え？」

「慧眼は、額ではなく瞳に宿るんだ。それが起きると瞳の色が変化する」

「天青師範、僕たちもう子供じゃありません。喩え話は結構です」

口を尖らせてツンが言うと、周囲の何人かが同調して頷く。天青師範は再び「うーん」と唸り、こちらに背を向けると、後ろにいる鶏冠老師範を窺った。

「よろしいでしょうか、老師範？」

「……よかろう」

老師範は片眉だけを軽く上げて答えた。

「宮中にいれば、そのうちわかること」

そっか、と天青師範は頷く。その時、鶏冠老師範がわずかだけれど笑った。もともと美貌だが、笑った顔はことさら印象的で、陽明はつい見とれてしまった。このおふたりはとても仲がよく、信頼しあっているようだ。

「諸君」

天青師範が振り返る。

陽明は息を呑んだ。

青い。

まるで、今日の空のように澄みきった――青い双眸。

ならば、つまり……慧眼児とは……。

輝く青眼が陽明たちのさらに背後を見て、二度ばかり瞬く。

指笛が軽やかに響き、そこに獣の咆吼が重なった。今度こそ、陽明は度肝を抜かれた。

自分のすぐ後ろで、巨大な白い虎が、空に向かって吠えているのだ。

白虎が駆ける。

へなへなと腰を抜かす書生たちのあいだを縫って、まるで飛ぶような勢いで地を蹴り、天青師範の足下で止まると行儀よく座った。

まるで、主を守る神獣のように。

天青師範は少年のような笑顔を見せ、白虎の頭をぐりぐりと撫でて告げた。

「真実は己の目と心でよく見極めろ。すなわちそれが、きみたちの慧眼だ」

本書は二〇一一年十二月に『宮廷神官物語　慧眼《けいがん》は明日に輝く』として小社角川ビーンズ文庫より刊行された作品を加筆・修正の上、改題し角川文庫化したものです。

この作品はフィクションです。実在の人物、団体等とは一切関係ありません。

宮廷神官物語《きゅうていしんかんものがたり》 十一

榎田《えだ》ユウリ

令和2年 6月25日 初版発行
令和6年 11月25日 4版発行

発行者●山下直久

発行●株式会社KADOKAWA
〒102-8177 東京都千代田区富士見2-13-3
電話 0570-002-301(ナビダイヤル)

角川文庫 22217

印刷所●株式会社KADOKAWA
製本所●株式会社KADOKAWA

表紙画●和田三造

ISBN 978-4-04-109126-5 C0193

角川文庫発刊に際して

角川源義

第二次世界大戦の敗北は、軍事力の敗北であった以上に、私たちの若い文化力の敗退であった。私たちの文化が戦争に対して如何に無力であり、単なるあだ花に過ぎなかったかを、私たちは身を以て体験し痛感した。西洋近代文化の摂取にとって、明治以後八十年の歳月は決して短かすぎたとは言えない。にもかかわらず、近代文化の伝統を確立し、自由な批判と柔軟な良識に富む文化層として自らを形成することに私たちは失敗して来た。そしてこれは各層への文化の普及滲透を任務とする出版人の責任でもあった。

一九四五年以来、私たちは再び振出しに戻り、第一歩から踏み出すことを余儀なくされた。これは大きな不幸ではあるが、反面、これまでの混沌・未熟・歪曲の中にあった我が国の文化に秩序と確たる基礎を齎らすためには絶好の機会でもある。角川書店は、このような祖国の文化的危機にあたり、微力をも顧みず再建の礎石たるべき抱負と決意とをもって出発したが、ここに創立以来の念願を果すべく角川文庫を発刊する。これまで刊行されたあらゆる全集叢書文庫類の長所と短所とを検討し、古今東西の不朽の典籍を、良心的編集のもとに、廉価に、そして書架にふさわしい美本として、多くのひとびとに提供しようとする。しかし私たちは徒らに百科全書的な知識のジレッタントを作ることを目的とせず、あくまで祖国の文化に秩序と再建への道を示し、この文庫を角川書店の栄ある事業として、今後永久に継続発展せしめ、学芸と教養との殿堂として大成せんことを期したい。多くの読書子の愛情ある忠言と支持とによって、この希望と抱負とを完遂せしめられんことを願う。

一九四九年五月三日

宮廷神官物語 九

榎田ユウリ

躍動、友情、青春。きらきら光る物語の宝庫！

麗虎国《れいここく》の王都、竜仁《りゅうじん》。神官書生になるための試験に挑む天青《てんせい》は、聡明な下働きの少年・燕篤《えんとく》と親しくなる。しかし、その身分を超えた友情が事件を引き起こし……。（「書に吹くは白緑の風」）ほか、収穫祭の宮中で、舞の競い合いに現れた謎の美姫（「舞姫は夢を見る」）、女官・紀希《きき》が落とした装身具を、書生たちが知恵を絞って捜し出す青春劇（「少年たちはノリゲをさがす」）など、本編の合間に起きていた様々なエピソードを描いた珠玉の外伝集！

角川文庫のキャラクター文芸

ISBN 978-4-04-108408-3

夏の塩

魚住くんシリーズ I

榎田ユウリ

あの夏、恋を知った。恋愛小説の進化系

普通のサラリーマン、久留米《くるめ》充《みつる》の頭痛の種は、同居中の友人・魚住《うおずみ》真澄《ますみ》だ。誰もが羨む美貌で、男女問わず虜にしてしまう男だが、生活力は皆無。久留米にとっては、ただの迷惑な居候である。けれど、狭くて暑いアパートの一室で顔を合わせているうち、どうも調子が狂いだし……。不幸な生い立ちを背負い、けれど飄々と生きている。そんな魚住真澄に起きる小さな奇跡。生と死、喪失と再生、そして恋を描いた青春群像劇、第一巻。

角川文庫のキャラクター文芸

ISBN 978-4-04-101771-5

妖琦庵夜話

顔のない鵺

榎田ユウリ

狙われる伊織。彼らの目的は果たして……。

「御指を、いただきたく存じます」洗足伊織《せんぞくいおり》のもとに現れた老婦人は、妖人《鬼指《おにゆび》》と名乗る。刃を手に、指をくれと迫りながらも、彼女はひどく怯えていた。他にも《シシン》、《天邪鬼《あまのじゃく》》と、存在しないはずの妖人たちが伊織に近づく。青目《あおめ》の関わりを察した伊織は、家令・夷《えびす》にある指示を下す。一方、刑事の脇坂《わきさか》は『麒麟《きりん》の光』事件の真相を追う。そこには正体不明の《鵺《ぬえ》》の気配が潜み……。本当に悪い奴は、誰なのか。妖人探偵小説第8弾。

角川ホラー文庫

ISBN 978-4-04-109125-8

ISBN 978-4-04-105198-6